# 菜の花畑の向こうには

三山あやか
*Ayaka Miyama*

文芸社

いつの頃からか、幸せ探しの心の旅路をたどることを、しきりに書いてみたいと思うようになっていました。

自分が今幸せだとか、不幸だとかは、あくまでも個人の感性の問題です。

この話の主人公、菜々さんは、生きている間に、「ああ幸せだった」と欠伸をひとつして、ニッコリしながら来世の旅に出たいばっかりに、一生懸命頑張って、幸せの種を拾い集めました。そして育てました。

その苗はどんな木になって、何色の花を咲かせたのでしょうか。

ある途上では、先に光の見えない永久のトンネルと思い込んでしまって、歩くのを断念したくなり、時にはどちらに曲がっても行き止まりの迷路に入り込んでしまったのだと、焦り、もがきました。

ただ、逃げることだけはしませんでした。

苦しみを乗り越えて得た幸せは、苦しみを知らない幸せより深いのではないでしょうか。そう思います。

# もくじ

# 空襲があった日

昭和二十年五月二十九日の夕方だった。

菜々と四歳年下の弟は、祖母に連れられて、横浜の磯子区に住んでいる叔母の家に向かっていた。

祖母は木綿の日本手ぬぐいを姉さん被りにして、竹で編んだ「しょいびく（背中と腰がかくれる大きさの籠）」を背負い、その中に弟をすっぽり入れて立たせていた。

菜々も本当は弟といっしょに籠の中に入りかかった。しかし祖母は真っ直ぐ前を見据えるように急ぎ足で歩いていた。菜々は祖母の歩調について行くのがやっとで、何回も足が縺れて転びそうになった。

ここは横浜の南区と磯子区の境で、丘を切り開いて出来た路だった。上空には幅二メートル位の陸橋が架かっていた。

見上げると橋の欄干に二羽のカラスが並んで止まり、こちらを見下ろしていた。三人が橋の下に差し掛かると、カラス達は揃って飛び立ち大空に弧を描いて消えた。

この日の横浜大空襲で、菜々の住んでいた町は焼土と化した。菜々は、ついさっき見たばかりの町の光景を思い浮かべていた。

「おばあちゃん、もう歩けないよ」

菜々は小さい声で言ってみた。祖母は聞こえないのか、なお歩幅を広げて速度を上げるのだった。

一〇〇メートル位歩いた頃、菜々はもう一歩も前に進むことが出来ず、地べたにへたり込み尻餅をついて、祖母と繋いでいる手を離した。それなのに祖母は振り向きもせず菜々を置き去りにして先を急いだ。

夕暮れは迫り、人一人通らない山道にぽつんとしゃがみ込んでいたら、恐怖と寂しさの入りまざった、暗黒の世界に引き込まれそうな悲しさが押し寄せてきた。

「おばあちゃーん」と菜々は大声を出して泣きながら祖母を呼んだ。すると「早くこっちに来るんだ」と、こだまのような声が遠くから聞こえてきた。

菜々は、お腹に力を入れてぐっと立ち上がり、とぼとぼ歩き始めた。

この日三人が、いつ磯子の叔母の家に着いて、どのように過ごしたか、菜々には思い出せない。

ただ時々祖母が泣きながら叔母に何かを訴えているような声と、鼻をすする音が眠りを遮ったことだけは覚えている。

菜々が幼い日々の断片的な記憶を手繰り寄せるとき、その糸の一番先はいつもこの日の光景なのだ。

# チャボと叔母さん

磯子の家に二、三日泊めてもらった菜々達が、次に身を寄せることになっていたのは母の実家だった。

農家だった母の実家は家屋敷が広く、母屋を中心に大小の建物が幾つもあった。そこで焼け出されて住む家を失くした親戚縁者五、六所帯が集合生活を始めていた。菜々の家族も納屋を改造した家に住むことになった。

先に来ている人達は、会ったこともない人達ばかりだった。生まれて初めて突然生活することになり、毎日ただ緊張していた。その中で母一人だけは、いつ見ていても誰とでも気さくに話しかけて、笑顔さえ見せていた。

このときの祖母は、ほとんどの人達に遠慮がちに振る舞い、やたら誰にもお辞儀をしていた。菜々と行き交う度に、お母ちゃんはどこにいるのか、お父ちゃんはどこにいるのか、と決まって尋ねた。菜々が知る限り、このときの祖母ほど弱くおとなしい人に見えたことはなかった。まるで父と母に保護を求めている子供のような様子だった。

大人達はみんな、働き蜂みたいに屋敷の中を動き回っていた。菜々は誰にもかかわってもらえない中にいて、不安と寂しさを感じながら、身の置き場が分からず、固まってしまっていた。

終日あっちに行って佇み、こっちに来てはしゃがみ込んだりして、時間の流れに身を任せていた。それでも退屈しなかったのは、視界の中には、いつだって躍動感溢れる人の動きが飛び交っていたからだった。

とりわけこの家の女主人である、叔母のタツノさんは、「元気細胞」だけで体が出来ているような人だった。一メートル四十五センチ位の小さな体なのに声が大きく、いつも屋敷中に響き渡る声で喋りながら歩いていた。

だからみんなは、今、タツノ叔母さんがどこにいるのか判っていた。

みんな、いのちを繋ぐことが大変だった時代だから、他人のことなど気にしていたら、足元から崩れて生きて行けない時代だった。

叔父さんは、兵隊として出兵していてまだ戻って来ていない。タツノ叔母さんは夫の留守中、身を寄せている親戚家族の面倒をみることが自分の役目と決めていたのだろう。

何十羽も飼っていた鶏、ホワイトレグホンの行進の中に、羽が黒く小ぶりのチャボが二羽いた。

色が黒いので強そうに見えるし、機敏な動作の印象がなんとなく、タツノ叔母さんと似ているように思えてしかたなかった。菜々はいつも、きっとタツノ叔母さんはあのチャボたちと親戚なのだと思っていた。今は人間と鶏だけど、前世ではもしかして親子だったのかも知れない、そうだ、きっとそうだと思っていた。

タツノ叔母さんは親切配達ロボットみたいだ。毎朝、産みたての卵を籠に山盛りにして入れて、みんなの家に一軒一軒配って回った。

そして時々菜々と弟に、特別の計らいのように、にこにこ笑いながら手のひらにチャボの卵を二個のせてくれた。チャボの卵はピンポン球を楕円形にした位の大きさで、濃いピンク色だった。この卵を食べた日は、なぜか一日中嬉しかった。ピンク色は幸せの色だと思った。

そんなある日、気がつくと、二羽いるはずのチャボ君が一羽だけで散歩していた。よく見ると、いつも遊びに出て来るチャボの羽の色は白黒の斑で、黒色だけの方が見かけなくなっていた。どうしたのだろう、次の日も次の日も黒チャボ君は出て来なかった。

弟の勝也は、いつも菜々の傍を離れず、行く先々について回っていた。菜々は、たまには一人になりたいと思うこともしばしばで、年の近い親戚の子が一緒に遊ぼうと誘いに来ると、勝也は、すかさず菜々の洋服を掴んで離さず、ついていこうとする。

勝也はまるで菜々の小判鮫みたいだった。気がついてみると、ここへ来てしばらくは菜々の家族は五人全員で食事をしていた筈なのに、日が経つにつれて、父がいなかったり母がいなかったり、二人が一緒にいない日もあった。でも祖母はたいていは菜々と勝也の面倒をみてくれていたし、他の親戚の人達もたくさんいたので、それほど気にもならなかった。

食事時になると、母屋の広間にみんなが集まってきて、各家族が時差で食べたり、子供達が仲良しになると、子供は子供どうしになって自分達の親とは別の席について食べたりするようになっていた。

ある朝のことだった。菜々はまだ勝也が起きていないのを見計らって、物置の裏手の畑に一人で散歩に行ってみた。

この場所は菜々のもっとも好きな場所なのだ。

だって建物の後ろで木立ちに囲まれているのに、春になると土俵みたいにまーるく盛り上がって、菜の花たちがいっせいに咲いて、朝日のスポットライトに向かって同じ笑顔で歌っている。菜々がたった一人で訪ねるのを、皆で揃って歓迎してくれるんだもの……。

いつもの朝、叔母さんが卵を籠に入れてそれぞれの家族のところに配って来てくれるとき、叔母さんはいつも南天の木の茂みの方から出てくると思って、ちょっと行ってみた。

広い畑の西側の隅には、野菜のくずや藁を細かく切ったものと、馬、牛、うさぎ等の糞を混ぜ合わせて築山のように盛り上げて作った堆肥の山があった。

遠くで見ていると、山の裾の辺りから、手ぬぐいで姉さん被りをした叔母さんが、卵の籠を大事そうに持って歩いてきた。

叔母さんは、菜々を見つけると手招きをして呼んだ。叔母さんの足元の後ろを見ると、何か黒い紙切れのようなものがふわふわ動いている。そのあとに細い尻尾のような黒いものがついていた。

な、な、なに、「碁石チャボ」が叔母さんに続いて、しっかりした足取りで歩いているではないか。しかも五羽ものひよこを連れている。

「お前いつからお母さんになっていたの」と菜々が目を点にして見ていると、叔母さんは近くまで来て、小さいピンク色の卵を手のひらにのせて差し出してくれた。

「菜々ちゃんは、いい子だったね。本当に偉かったね」

タツノ叔母さんは、その後菜々に会うたびに、この頃の思い出を懐かしんで褒めてくれるのだった。

# 弟

ある日の朝だった。食事が済むと母は菜々と弟の傍に来て「今日からお母ちゃん達は焼けた家の片付けに行ってくるから、お昼になったら叔母ちゃん達にお茶を貰ってこれを食べるんだよ」と言ってカンパンが入っている大きな缶をくれた。

菜々は何がなんだか分らないまま「うん」と頷いた。

その日から祖母と両親は、朝食を済ますとリヤカーを引いて家を出て行った。

三人を見送ると、菜々は、小船に乗せられて大海に出るような、寂しさと悲しさに包まれていた。

弟も何がなんだか分からないままに、いつものように菜々にぴったり張り付いていた。

二歳を過ぎても言葉が遅い勝也は、おむつが取れたばかりだったので、日に何回もお漏らしをした。

いつも、勝也が「おしっこ」と言って飛んで来たときに、菜々は、母や祖母が少し前までしていたように、後ろから抱いて両足を持って、畑の隅に連れて行って済ませていた。でも六歳の菜々には重すぎて、最後まで抱いていることが出来ず、尻餅をついてしまうのだった。

足だけは離さず持っていられても、畑の土に流したおしっこと、時にうんちも混ざってどろどろになった、その上に尻餅をついた状態。菜々が足を離して勝也を立たせると、勝也は両方のお尻についてしまった汚れを落とそうとして、手を後ろに回して左右のお尻に付着している汚れの中に、小さな手を当てがって五本の指を結んだり開いたりして、こそぎ落とそうとするのだった。

勝也の両手は汚れるどころの話では収まりきれる状態ではない。そして今度は自分の手に付いた汚れを見ると、その手を、菜々の衣服に押し当てて拭き取ろうとするのだった。

昼時になると母屋の広間にみんながそぞろ集まってきた。それぞれ家族ごとにお膳をかこんで笑い合っているのをじっと見ていた菜々は、みんなに背中を向けてくるりと回って膝をかかえた。いつも惨めで嫌いな時間だった。自分の家族だけが誰もいなくて弟と二人だけなんだと思うと、涙がとめどなく頬を伝った。勝也もいっしょになってみんなに背中を向けて小さな膝を立てた。

「そんな、隅の方にいないでこっちにおいでよ」と言って手招きしてくれるのは、たいてい母屋のタツノ叔母さんだった。

叔母さんは時々自分達の食べているものを小さなお皿に取り分けてくれるときもあった、けれども、菜々が気後れしてなかなか傍に寄って受け取らないものだから、だんだん呼んでくれなくなっていた。あの日々は、「昼間孤児」だったと菜々は思っている。

弟は泣いてばかりいた。まだ六歳の菜々は、どうしたらよいのか判らず自分の方こそ思いっきり泣いてみたかった。一度泣き出すといつまでも泣き止まない勝也を黙らせるのに苦心した。

そんなときの菜々は、両方の耳に手を当てて、うさぎの真似をしてぴょんぴょん飛んだり跳ねたりのジェスチャーをして、勝也を笑わせようとした。

それでもまだ泣いているときには、勝也を抱いてぐるぐる回って喜ばせようと試み、自分より重たい弟の遠心力に負けて、二人一緒に転んでしまったりした。また、あかんべえなど面白い顔の表情をつくって、気を紛らわそうとしていた。

こうしていつも機嫌取りにあの手この手と次々と思いつくままに一生懸命だった。

頑張りすぎて疲れ果て、夕方になるとぐったりしていた。

従兄弟達がトンボやカブトムシを捕って持ってきてくれたり、他の従姉妹が綺麗な花を摘んできてくれたりすることもあったが、機嫌の悪いときの勝也は、怒って掴んで投げ捨て、地団太を踏んでわめき散らすのだった。

菜々はいつもこんな出鱈目な弟に、姉というだけで我慢せざるをえなかった。

この頃から菜々は、弟に、どうして欲しいのよ、何をして欲しいの、ああ、もう厭だ、厭だ、いい加減にしなさい、そうやっていつまでも気が済むまで勝手に泣いていればいい……などと、この場から逃れられたらどれ程いいだろうといつも思っていた。

しかしついこの間生まれたばかりの可愛い赤ん坊だった勝也に、感情を抑えさせることなど出来る筈がなかった。菜々は一日に何回も我慢の限界を押さえていた。まだ六歳だった菜々にとって、勝也の世話をする保護者役はあまりにも重く、それは過酷だった。寂しくて泣きたいのは、勝也より自分の方だと思っていた。

それは全身の力で木の葉を運ぶ蟻が、鉄の釘を運ばされる程の重量級だった。その重さは、全身の骨まで、ぎしぎし音を立てて軋ませた。菜々は押しつぶされそうな毎日の中で歯を食いしばっていた。

そんな菜々は時々、夜中に自分の歯軋りの音で目が覚めるのだった。そのとき見ている夢は、大抵、弟の勝也を苛めていた。棒を持って追い掛け回すと、弟はひいひい泣いて逃げまわっている。

夢の余韻の中で、いつも菜々は悪い姉になって自分を責めていた。「わたしは悪い子」の意識が小さな芽をふいた。

だから、おばあちゃんは弟ばかり可愛がるのだ、とも思った。

それでも菜々にとって弟の勝也は何をしても愛おしくてたまらない存在だった。

くりくりの坊主頭で泣きわめくときの顔は昆虫みたいだったし、口を尖らせて怒るときは狸の口元にも似て、あどけなさそのものだった。

# 父

夕方になると、菜々はいつも勝也の手を引いて、門の外に出て三人の帰りを待っていた。

戸塚区原宿の大坂の上に、自転車をこいで登ってくる父が見えてくる。背中を丸め、後ろに引いているリヤカーの荷台には、母と祖母がちんまりと座っていた。

勝也は両手を広げて前のめりになりながら、思いっきり早足で駆け出すのだった。菜々はそんな弟がつまずいて、いつ転んでもすぐに支えられるように、後ろにぴったり張り付いて走っていた。

父も二人を見るとスピードを上げて坂を下って来る。両方の顔がはっきり判るまで近づくと自転車を止めた。祖母はリヤカーの柵を跨いで両手を差し出し、弟を抱き上げて膝の上に乗せ、何回も何回も顔中なめまわして頬ずりするのだった。弟は喜んで体をくねらせて、なんとも幸せそうな表情で祖母の腕にすっぽり包まれて抱かれていた。菜々は一度でいいから、自分も弟と同じことをされたいとしきりに思うのだった。いつも、いつも、羨ましかった。

その頃、父が時々、菜々が夜布団に入って寝るとき、

「菜々、今夜こそ泣かないでくれよ」

と言うのだった。

「あたし、泣いてなんかいないよ」

即座に菜々が言うと、母はきょとんとして、

「えっ、今なんて言った?」

「あたし、泣いてなんかいないもん」

菜々がもう一度繰り返して言うと、母は、

「本当に泣いたこと知らないの?」

「ぜんぜん知らないよ」

「ふーん」

と、真顔で菜々の目を覗き込んでいた。

聞けば菜々は毎晩、夜中に突然飛び起きて、大声で、わあわあ泣き出すというのだった。しばらくして泣き止むと、ことん、と転がってすやすや眠るそうだ。嘘だ、嘘だ……、菜々には信じられないことだった。

「本当だよ、それに菜々は、寝言もよく言っているよ」

と父は付け加えた。

「何て言っているの?」

「ん、そうだな……。やだよ、やだよ、助けて、なんてよく言っているよ」

「ふうん、あたし何も覚えていないよ」

菜々が言うと、父は、そうだろうなと言いながら頭を撫でてくれた。菜々は甘やかな感情が込み上げてくるのだった。

# 家族

菜々の祖母は、十七歳のとき十歳上の祖父の元に嫁いで来た。

祖父は菜々が三歳のとき他界していた。祖母はことあるごとに、「おじいさんさえ生きていてくれていたら」と、口癖のように言っていた。祖母にとっての祖父は、まるで魔法使いのように、何でも望みを叶えてくれる存在のように言うのだった。

そんな祖母は、いつどんなとき、どんな所でも、「おじいさん」という言葉が耳に入るだけで、機嫌の良い表情を作り、笑みを浮かべ、遠い昔に思いを遊ばせるのだった。

家族のみんなはそれを知っているから、祖母のご機嫌取りのカンフル剤に「おじいさん」を使っているむきもあった。

とりわけ、戦災で住む家を失くし、母の実家に身を寄せて、日々の遠慮や気遣いから、夜、家族だけになると不機嫌になるのだった。そして息子である父に当たり散らすことが頻繁にあった。

菜々は何となく雰囲気を読みとると、ひりひりしてしまうのだった。そして父もそんな菜々を感じとると、いつもそっと傍に来て肩を抱き寄せてくれるのだった。

両親が毎日通った焼け跡の片付けが済んだのは、菜々が七歳になった頃だった。

焼け跡の整理が進むにつれ、そちらに通うのが一日おきになり、二日おき、三日おきにと間があくようになっていた。

家族みんながいっしょにいられることで、菜々は弟の世話から解放されたことが、何より嬉しかった。両親と祖母は畑仕事の手伝いをし、家中の掃除や家畜の世話など仕事はいくらでもあった。

しかし、菜々がこれまで感じていた「我慢」は、重い「荷物体験」となって、生涯を通じて菜々の「眼鏡の枠」になっていると、菜々は思っていた。

菜々はいつも枠のない眼鏡をかけたいな、と思うのだった。

祖母は、弟のことを勝手に「おじいさんの生まれ変わり」だと決め込んでしまっていた。

この福耳はおじいさんの耳だとか言っては、捕まえて座らせて、むりやり頭を抑えて膝枕をさせ、耳の掃除をし、足の爪も巻き爪で、おじいさんの爪だなどと言っては、足を撫でて爪を切ろうとするのだった。

弟が嫌がると、

「切らないと足から血が出て歩けなくなったら、どこにも行けなくなるよ」

と言って脅かすのだ。

だから、弟は祖母が近くに来ると、手元に目を落として、爪切りや耳かきを持っているかを見て、持っていたら捕まらないうちに、くるりと背を向けて素早く逃げ出してしまうのだった。

「おばあちゃん、あたしの耳もやってよ」

ある日菜々が言ってみると、祖母は、

「お前はお母ちゃんに、やってもらいいな」

冷淡にそう言って横を向いた。

菜々は、何か漠然と意味不明な差別のようなものを感じた。ただ、弟と同じにして平等にして欲しいだけだった。


この頃から菜々は、周りの大人達が自分をどう思ってくれているかとか、どう扱ってくれるかを気にするようになっていた。

菜々はいつも祖母が、自分より弟を可愛がっていると思っていた。その思いは不思議なことに、自分一人のときは感じない寂しさなのに、弟と二人になると感じ、そこに祖母が来て三人になると、なお淋しくなり、なぜか居心地が悪くなるのだ。

菜々は歳を重ねるごとにこんな感情を意識するようになり、しっかり自意識として根を張ることになってしまうのだった。

菜々は、弟が自分より小さいから、保護して守るのが当然と思うことで、寂しさを遠くへおいやっていた。

弟はよく泣く子どもだった。菜々と喧嘩をすると、すぐ祖母に言いつけて助けを求めるのだ。祖母は、いつでも何事によらず無条件に弟を庇って受け入れるのだ。

そんな祖母の様子を見ていて、菜々を庇ってくれていたのは父だった。

菜々は馬に似た優しい父の目が大好きだった。この目の中に入りたかった。だからいつも父と一緒にいたかった。

父は時々、炬燵に入ると、胡坐をかいて菜々を抱っこしてくれていた。だけど菜々は、抱かれるよりも、正面に座って、あの目でいつも見ていて欲しいと思っていた。いつまでも。

だから、菜々は家の中に父を見かけると、すぐ傍に駆け寄って行くのだった。

母の里から戻って、もと住んでいた土地で暮らせるようになったのは、たしか空襲から二年を過ぎた頃だった。

帰って来た一家は、伸びやかな雰囲気になり、みんな元気を取り戻していた。とりわけ祖母は時々鼻歌など歌っていることさえもあった。祖母が歌う声を聞いたのはこのときが最初で最後だった。

菜々の家の家業は荒物、小間物、乾物、などを商いながら戸建や長屋を何軒か持っていて、戦前の生活はかなり裕福だったようだ。それらはみな偏によく働き、蓄財上手な祖父の築き上げた財産だったのだ。祖母はいつもそんな自分の夫を誰よりも尊敬してやまなかった。

後に聞く祖父の噂によれば、自分は常に独楽鼠のように動き回り、祖母には、琴、三味線を習わせ、呉服屋がいつも出入りしていたそうだ。

しかし戦災でそれら全ての財産を失った今、身にしみてその有難さを思い知り、嘆かずにはいられなかったのだろう。そして、いつもうちは「タケノコ生活」だと言っていた。菜々は何のことだか、かなり大きくなるまで判らなかった。ただ面白い言葉があるものだと思っていた。

けれども、それを父に向かって言うと、母と父は顔を見合わせて、二人は別々の所へ何気なしに行ってしまうのだった。菜々はなぜかそんな場をあまり好きではなかった。

こんなときは自分も居場所を変えたかったけれども、どうしてよいか判らず、ただ固まってしまうのだった。

着の身、着のままで焼け出された所に戻った生活は不自由だらけだった。

しかし大人になってからの菜々は、この時代の生活を思い出すとどんな我慢でも出来る、貴重な体験だと思うのだった。

父は細い体を軋ませながら、いつも自転車の前の荷台に帚やハタキの類の荒物とマッチ、団扇、箱入りロウソク等小間物雑貨を載せ、重い物や大きい物は、リヤカーに山のように積み上げて夕方戻って来る。

母はその荷物を物置に運び、中では、祖母が綺麗に並べて整理をするのだ。こうして商品の仕入れを着々として、もとの商売を始める準備をしていた。

母の郷里で畑仕事の手伝いをして、農作物を作ることを覚えてきた祖母は、もとピアノ工場に貸してあった土地の焼け跡を耕し、畑を起こしいろいろな野菜の種を蒔いて、イモ類から、麦、粟、ひえ、とうもろこし等の穀類までも収穫出来るようになっていた。

まだ学童前だった弟は、相変わらず祖母の傍から離れず終日一緒にいた。

# おばあちゃん

ある秋の日だった。祖母は畑の枯れ草や落ち葉を焚いて、掘りたてのさつまいもを焼いて、畑から上がってくるとき、家族のお土産にしてくれるのだった。菜々はそれを楽しみに待っているのに、弟と近所に住んでいる従姉妹達に配って、菜々だけにはくれないのだった。

学校帰りにも遠くの方から焼き芋の匂いがしてきたとき、
「うちのおばあちゃんが焼き芋焼いているから行ってみんなで食べようよ」
と、一緒に帰る四人の友達を焚き火の傍まで連れていった。

落ち葉の焚く匂いに混ざって、香ばしいさつまいもの焦げた匂いが鼻先に届いた。みんな鼻をくんくん鳴らしている。灰の中にはこんもりと、焼き芋がバンザイをして早く外に出たいよ、と言っている。

しかし祖母は菜々達を見ると、「今日は芋、畑になかったよ」とサラリと言ってかわされた。菜々はどれ程恥ずかしい思いをしたことか。それなのに夕方弟を見かけた祖母は、手招きして新聞紙に包んだ大きな焼き芋を渡していた。

敷地の片隅には物置があった。中には仕入れた商品がいっぱい入っていて、子供達がかくれんぼをして遊ぶのには絶好の場所だった。

その中にきちんと積み上げてあるマッチ箱や石鹸、たわしやザル等は、遊んでいるとメチャクチャに崩れ落ちてしまう。でもこのとき程楽しいと思った遊びはなかった。

菜々と友達二人は、遊びに夢中になり、夕方、片付けもせずに家に帰っていった。翌日は当然祖母の雷が待っている。その落雷たるや、物凄いものだろうと心の隅で菜々は思った。

翌日、菜々は祖母が着物の裾を翻して自分の方へ向かって歩いてきた時点で、もうガタガタ震え出してしまう程恐ろしくなった。その雷はもう夕べのうちから予感していることだった。

「菜々、来て見ろ」と怒鳴りながら、つかつか傍に寄って来て洋服の上から首根っこを掴んで物置の前まで引きずって来た。そして引き戸を、がらっと開けて背中を強く押して中に突っ込まれた。

「早く片付けろ。早く、早く、今すぐに」

背中越しに言い放っている。

「こんな悪い子は家の子じゃない」

「おまわりさん呼んで連れて行ってもらうからな」

「どこかに捨ててきてもらおう」

ヒステリックに怒鳴りながら、まくし立てるのだった。

「ごめんなさい、ごめんなさい。もうしません、許してください」

菜々は声を限りに泣き叫んだ。涙が太く流れ落ち、床の埃の上に水滲みが出来た。


「菜々、もういいから出ておいで」

戸の隙間から父の声が伸びてきた。

泣きじゃくりながら振り向くと、父が両手を後ろに回して立っていた。父を見た菜々は、この瞬間、新たな悲しさが込み上げてきた。そしてがむしゃらに飛び掛かって胸にすがって泣き続けた。

「怖かっただろうなあ」

父が菜々に頬ずりをすると、太い髭が菜々の頬に突き刺さり、チクチクして、痛かった。

「お父ちゃんのほっぺは、たわしみたい」と言うと、父は床に転がっていた、たわしを二個拾って菜々の両方の頬を挟んだ。

「痛い、痛いったら」

父は「そうだろうね」と言いながら、なお強く力を入れて頬をこすり続けた。このふざけっこは、菜々が生涯を通して生家の家族を思い出すとき、もっとも甘美な一日になった。

「お父ちゃんも、おばあちゃん怖いの?」

「うん、怖い、怖い。世界一怖いよ」

父は物置の片付けをはじめ、あっと言う間にきちんと整理し終わった。菜々がすっきりした部屋の真ん中に両足を投げ出して座ると、父も隣に胡坐をかいて座った。

「そうだ、そうだ」

そう言いながらポケットに手を突っ込んで、長い金太郎飴を一本、菜々の手に握らせた。

「あ、金太郎だ! これ、全部あたしにくれるの?」

菜々は、金太郎飴を一本そのまま一人で食べたことはなかった。いつも祖母がこれをくれるとき、菜々には、先の方を小さくポキンと折って口に入れてくれ、長い方を弟にもたせるのだ。弟はいつまでもそれを嬉しそうに舐めていた。

菜々は一度でいいから、弟と同じように長いままの金太郎飴が欲しかった。

その頃、東京に住んでいた父の従兄弟が遊びに来るとき、いつも近所にいる従妹達みんなに森永ミルクキャラメルをお土産に持ってきてくれた。

みんな、喜んでその箱を持って遊びに来る。遊びながらみんなは箱を振って中のキャラメルがぶつかりあってカタカタする音を楽しんだ。

「あたしの中にあといくつ残っている?」と言うと、他の従姉妹達がその箱を受け取って、自分の耳の傍で箱を振って、音で残りの数を当てっこして遊んだ。いつも遊んでいた従姉妹達は四人だった。

しかし菜々にくれたキャラメルの箱はいつも祖母が取り上げてしまい、二日に一個、三日に一個というように渡された、菜々は一度でいいから従姉妹達と無邪気にこの遊びに混ざりたかった。

こんなとき、どれほどみんなを羨ましく思ったことか。菜々は、なにか劣等感に似た惨めな感情に包まれた。菜々は、この場面になるとみんなから一歩退いた所で、感情を隠して作り笑いをしていた。そのとき、右目の下の筋肉がピクピク痙攣するのだった。

祖母は私にはけちでも、弟にはけちではないのだ。だって弟は菜々より小さいのにキャラメルを箱ごと持たせるのに、菜々の箱は取り上げてしまい、祖母の管理のもとに一粒ずつしかくれない。そして弟がさっさと自分の分を食べてしまうと、当然のように菜々の分は弟にいってしまうのだ。

祖母は私を嫌いなのだと思うようになってきた。「きっと、わたしは悪い子なのだ、だから嫌われるのだ」


「菜々は、金太郎が好きなのか」

父が菜々の方を向きながら言った。

「ん、大好きだよ」生き生きした口調で答えると、父は、

「そうか、だったら菜々は金太郎くんのお嫁さんになるといいね」

瞬間きょとんとして、

「違うよ、菜々はお父ちゃんのお嫁さんになるって決まりなの」

父は黙って菜々のおかっぱ頭に手をのせた。

菜々は父と一緒のときだけは、一体感に包まれ安心していられるのだった。


お父ちゃんがいつも傍にいてくれたら、おばあちゃんに嫌われたっていいもん。

菜々は密かに思った。

「そろそろ、うちに入ろうか」

「うん」

物置と母屋の間に焼け残った一本の松ノ木が立っていた。父は木の前に立って反り返って梢を見上げながら、

「お父ちゃんは、今度生まれて来るときは、松の木に生まれてきたいな」

と独り言を言った。

菜々は父が何を言っているのか判らなかったが、その夜、なぜか眠れないままに明け方うつらうつらして、眠気に誘われそうになったとき、はっとして目が覚めた。

夢の中で、この屋敷のシンボルツリーだった松の木の梢まで、菜々は一人でするする登り詰め、てっぺんまで辿り着いたとき、大風が吹いてきて木は撓み、左右に大きく揺れたのだった。

「怖い、わあ、怖いよお。誰か助けて」

この頃、菜々は祖母を真ん中にして、弟と三人で川の字になって寝ていた。いつも怖い夢を見て目が覚めると、無意識に祖母の方へ寝返りを打つのだ。だがそんなときでも、祖母はいつも背を向けてしまうのだった。菜々はただ黙って寂しく諦めるしかなかった。

「おばあちゃんは、やはりわたしを助けてくれないのだ」と菜々は寂しく思った。

それでも、もう少し甘えれば向きを変えて自分の方を向いてくれるかも知れないと思い、大きな背中にぺたんと両手を貼り付けてみた。

だが祖母の背は微動だにせず、弟の方を向いたままだった。

それは、たしか小学校一年生の秋の終わり頃だった。

町の公園予定地の広場にサーカス団がやって来た。その公演プログラムの宣伝に、和服を着せた首の長い人形を入り口の台の上に乗せて、弁士みたいな男が大げさに抑揚をつけた声で客を呼び込んでいた。

菜々はその広場の近くに住んでいる友達に誘われるままに、大勢の人垣の後ろに立って、隙間からちらちら見え隠れしている綺麗な着物を着た人形に、不思議な感覚で見入ってしまっていた。気がついたときには、太陽は沈み、夕闇が迫っていた。

菜々は友達に帰ることを告げ、小走りに家に向かっていた。と、一〇〇メートル位前方を見ると、黒っぽい着物を着た大女が、こちら目がけてパタパタ駆け足でやってくるではないか。

「お、おばあちゃんだ」

和服の裾を割りさばく音が耳にとどくほど力強い足取りで、菜々の前に仁王立ちになった。

普段から赤鬼みたいな顔をしている祖母は、額に三本の深い皺を寄せて菜々をとらえた。菜々の目は一瞬、点になった。

「ごめんなさい、ごめんなさい、許してください」

小刻みに震えながら言うと、

「駄目だ、おまわりさんの所へ連れて行く」

と言い、菜々の腕を痛いほどつかんで引っ張りながら駆け出した。

菜々の目からは涙が湧きあがり、吹き出て地面に落ち、前が霞んで何も見えなかった。

「許してください」

泣きじゃくりながら何回も言っていた。

「駄目だ、許すものか」

びしっと言い放つのだった。

家に着くと祖母は手洗いに飛び込んで用をたして出てきた。明かりの点いていない隣の部屋を見ると、真ん中あたりにぼんやりと人の影が見える。菜々は一瞬父が心配して助けに来てくれたのかと思って目を凝らして見た。

するると、頭に日本手ぬぐいで姉さん被りをしている母の姿がすっと奥に消えた。

菜々の中から灯が立ち消えた。

## 母の存在

母は郷里から引き揚げてここに来てから、何となく元気がなくなっていた。もともと静かでおとなしい性格の母だったが、菜々にとっては、今ひとつ存在が薄く、父の後ろにいつもそっと寄り添っていて目立つことを避けているように見えた。

この日祖母は、菜々が夕暮れになっても家に帰ってこないことで、血相を変えて近所を捜し歩き、学校の校庭にも行き、もう誰もいないことを知ると、灯りの点いている校長室に入って行き、孫がこんなに遅くなってもどこかに行ってまだ戻らない、と告げたのだった。

明治生まれの祖母は、大人になって考えると、何とも馬鹿げて笑い話にもならないようなくだらない噂や迷信を、本気で信じて行動していたのだ。

この日も、菜々のことをサーカスにさらわれたとか、人さらいに連れて行かれて、どこかに売られてしまうのではないだろうか、なんてことを本気で思い込んでとった行動だった。

この日も祖母は、菜々が家に戻ると、すぐに菜々の腕を掴んで学校までぐいぐいひっぱって連れて行き、校長室をノックした。

「どうぞ」

中から校長先生の力強い声が届いた。

と、祖母は菜々の肩を両手で押さえ、ドア前の廊下に正座させ頭を小突いた。菜々の額が廊下の床をコッンと叩いた。

校長室のドアが開き校長先生が出てきたとき、菜々の我慢が限界に達し、こらえていた恐ろしさが吹き上がって、突然泣き出してしまった。

「校長先生、先程は大変ご心配をお掛けして申し訳ありませんでした。孫はこの通り、今、帰ってまいりました」

祖母は大きな溜息をついて深く一礼した。

「あ、あ、良かったですね」

にこやかに笑って祖母に言った。

「お腹空いているんでしょ。早くお帰り」

校長先生は優しく言い、祖母に目配せしてドアを閉めた。家に帰ると祖母は、母を呼んで大きな声で怒りまくっていた。

「菜々はいつも悪いことをして心配ばかりさせて、もう少しで交番に届けようかと思ったよ。こんな子供、今まで見たこともないよ」

「すみません」

おどおどしている母だった。ただ黙って菜々の前を通り過ぎて、どこかに消えた。自分のために母まで祖母に叱られてしまったと思い「お母さんごめんね」と心の中で謝っていた。

菜々は、自分が悪いことをしたために、母は祖母に叱られているのだと自分を責めるのだった。

祖母は、弟が泣いたりすると、いつも菜々がいじめたと決め付ける。そして「また菜々が勝也を泣かせている」と母に言うのだ。

それでも、少し前までは、菜々もその理不尽に抗議することがあったが、祖母は、何年も遡って菜々の行動で、気に入らなかったことを芋づる式に引っ張り出してきて、あのときもこうだった、このときもこうだった、とひとからげに束ね、「だからお前は悪い」との方程式を構築するのだった。

家族はみんな、祖母を怖いと思ってなるべく怒らせないように気を遣っていた。おやつを弟と分けて貰うとき、いつも菜々の方が弟より少ないのだった。それでも菜々は半分位を残しておいて弟が機嫌を損ねたときのためにしまっていた。

祖母の機嫌を窺いながら自分を守ることにエネルギーを使ってしまい、みんな自分以外のことに心を分ける余裕がなかった。

祖母は、祖父が生きていたときと同じように「トラの威を借りるなんとか」で、自分勝手にみんなを支配するのだった。

菜々は、何か得体の知れない台風のような風の塊が、この家の中に転がっているのを感じた。そのときいつも菜々の目は、避雷針になってくれる父を探していた。誰かに支えられ暖かく包まれたかった。助けて、助けて、誰か助けて。毎日祖母の雷から逃げ回っていた。

それにしても母はなぜわたしにかかわってくれないのか、と菜々は思っていた。

菜々の独り遊びは、押入れから布団を引っ張り出して山を作り、周りを囲い、綿に包まれる温もりの個室の中にすっぽり入って過ごすことだった。

菜々は、自分で建てた個室の中で膝を抱え、ぼんやりしている時間が好きだった。ここは、とりあえず祖母の小言から身を守れそうな気がする安全地帯だった。

この作業をしているとき、なぜか祖母に見つかって叱られた記憶がなく、それから片付けた記憶もなかった。それは何らかの父の計らいがあってのことだったと思えてならなかった。

父は菜々のオアシスだった。このときいちばん嬉しかったのは、この中で睡魔に襲われて、眠り込んでしまったとき、父がそっと抱いてくれて、夜寝る布団の中に連れて行って移してくれたことだった。そのとき、当然ながらすぐ目が覚めるのだが、菜々はタヌキ寝入りをしていた。菜々は、父が部屋から出ていったのを知るときこそ、至福の瞬間を味わうのだった。

この遊びは、いつも叱られてばかりいて、びくびくして気の休まるときがなく、終日祖母の顔色を窺がっているばかりの、野良猫みたいな自分の気の休まらない現実からの逃避で、綿に包まれ、柔らかく、ほわっと抱かれ包まれる安心本能、遠くは子宮の中の温水、それは生物学的胞衣《えな》への回帰願望だったのではないかと思うのだった。それは、戦場の兵士、特攻隊が突撃の瞬間に「お母さん」と叫ぶように、昔住んでいた暖かい囲いの中の安全地帯に戻りたい叫びだった。それが綿の入っている布団に囲まれた中での遊びなのだった。

そして菜々にとって、家族の中でこの綿は父だった。母は、自分も嫁として姑への保身に蓄えられるエネルギーを、足りない位使い果たして、残りもないほどに余裕のない毎日だったのだろう。

父の優しさは、祖母の反面教師だったのだろうか。

とろけてしまいそうな、満面から湯気が立つように吹き上がる優しさだった。

# 急な別れ

この時代、生活物資はすべて政府管理の下で配給制だった。家族の人数分の割り当て量があり、衣料切符、食料券（米、パン、うどん）など、決まった量しか手に入れることは出来なかった。

菜々の家は、この町では古くからの構えの大きな商店だったので、配給物を扱っていた。このとき、各家は買い物をする店を決め、そこに申請登録した。菜々の店はたくさんの家が登録してくれて、名簿の人数は多く、そのノートは分厚かった。

祖母は小さな机の前にでんと座って、買いに来た人の名簿にチェックをして、代金を受け取っていたので、夜はその見直しや整理をしていた。菜々に向けられる見張りの視線の距離も伸びていた。時々手伝いの人も来て、母が目方を量った品物を渡し、家の中は終日活力に溢れていた。

この時期、菜々にとっては少し伸びやかな解放感を感じ、こんな日が長く続けばいいと心から思っていた。ただ父だけは仕入れや配達の外回りばかりで、家の中で顔を合わせることはあまりなかった。菜々はこれで父さえもう少し自分の側にいてくれたら、どれ程幸せなのにと思っていた。その思いはまるで恋人を待つようだった。

しかし時間の神様は、菜々に、とんでもない意地悪な爆弾を直撃投下したのだった。

その日も朝から真夏の太陽がギンギンに照り付けていた。ああ、こんなにいい天気の日は、きっと父は早くから外に行ってしまうと思うと、一時も側を離れたくない思いだった。菜々は晴天が憎らしかった。

そうだ、お父さんが出かける前に靴下を片方隠してしまおう、そうすればきっと一生懸命探すだろう。菜々は、いつも洋服とズボンを重ね、その上に置いてある靴下をそっと手にとった。そして周りに誰もいないことを確かめると、その、片方を手にとってワンピースのポケットに忍ばせた。急いで隣の部屋に行き、部屋の隅に重ねて置いてある座布団の一番下に、慌ててポケットに手を入れて取り出した靴下を隠した。

お父さんはここまで来て見つけられるはずがない。しめしめ、これでお父さんが靴下を捜している分、家の中に長くいられると思うと、嬉しさでスキップして隣の部屋に戻った。

案の定、父は洋服を着てズボンを穿き、固く巻いた二本のゲートルを片手で持って、部屋の中をうろうろしていた。

「お前、今日はまだ出かけないのかい?」

祖母が父に言った。

「うん、今出るけど靴下が片方ない」

父が言うと、

「そんなはずねえ」

そう言って祖母は、お膳の下に首を突っ込んで覗いて見つけようとしたが、何もないのを知ると、すぐ、次に隣の部屋に勢いをつけて乗り込むような様子で入り、すぐそこに五枚重ねて置いてある座布団をまとめて、一気に両手で持ち上げた。

畳の上で五枚の座布団に重石のように下敷きにされていた靴下は、一瞬座布団に張り付いて上に持ち上げられたが、すぐポトンと畳の上に落ちた。祖母は目ざとくそれを見つけると、持っていた五枚の座布団を叩きつけるように畳の上に置いた。

重ねられていた座布団は、だらしなく上からドミノ倒しのように崩れ落ち、部屋の半分を占領した。祖母は片方だけの靴下を畳の上から拾い上げ、座布団を踏みつけながら父の所へ持って行って渡した。

「あっ、あったのか」

父が受け取りながら言うと、

「靴下が何の用事があって、片足で、あんな所まで歩いて潜り込まねばならねえだ」

祖母は誰に聞かせるともなく言った。

するとは父は、

「誰にも、言えねえこともあるさ」

と、口元を緩めて切り返していた。

菜々は側で二人のやり取りを聞きながら、この場から早く立ち去らねばと思った。

「いや、本当はちゃんと判っているんだ。お前があんまり甘やかすもので、こんな所に隠して困らせて関心を引こうとしたみたいだなあ」

菜々は祖母にこんなに洞察の力があることを知ってびっくりした。そして、すり足で二人から離れた。

父は黙って部屋の真ん中に腰を下ろして、両膝を立て、靴下を履いた。そして踝《くるぶし》の上から膝下まで、ゲートルを包帯のように、丁寧にぐるぐる巻き上げた。

菜々は、このゲートルをきりりと締めた足が、父の力強さと頼りがいの象徴みたいに感じ、何故か好きだった。それから「さーて」と気合を入れて立ち上がった。

「お父ちゃん早く帰ってきてね」

菜々が言うと、「うん」と言ってゆっくり菜々の方に首を廻した。このとき、あまりにも父が、しみじみ考えていて何か言いたげに見ているものだから、

「何か顔についている?」と言うと、

「うん、鼻が二つと目玉が四つ」

と言って口を大きく開けて、はっ、はっ、と楽しそうに笑った。

そして父はバネみたいに切れのいい動作で立ち上がって、部屋を出て行くのを、菜々は足元だけを追いかけて見送っていた。

この日の父の様子から、菜々はきっと早く帰って来てくれるものと、一人で心待ちにしていた。そんな菜々の期待をよそに、夕暮れになっても父は家に帰って来なかった。店を閉めかけたとき、やっと戻ってきた父は、母に「布団をひいてくれ」と言って床をとらせた。

母は黙って押入れから手早く敷布団を取り出して部屋の真ん中にひくと、父はすぐそこに横たわった。母と祖母は心配そうに時々様子を見に行ったが、どこがどうということもなく、ただ暑さに当てられただけらしいと言っていた。

しかしその夜中に、母と祖母が慌しくばたばたしているので菜々は目を覚ました。そっと側に行ってみると、白衣を着た医師が、父の胸に聴診器を当てているのが目に飛び込んだ。

菜々は、これはただごとではなく、大変なことになっているのではないかと直感した。

どうしよう。菜々は心臓が飛び出しそうに鳴っているのを、胸に手を当てて押さえようとしていた。

「また明日の朝来ますから、今夜は目を離さないで下さい」

と言い残して部屋を出ようと立ち上がった。そのとき祖母が、水を張った洗面器を持って来て、先生に手を洗うことを勧めた。

この医師は、戦前から町で開業している評判のよい大久保先生だった。象のように大きな身体で、のっし、のっしと歩くと、床がきしむのではないかと思う位だが、温和で優しく、子供に注射を打つときも決して泣かせないと言われていた。菜々も風邪で熱を出したときなど、よく往診に来てくれていたので顔は知っていた。

手を洗い終えた大久保先生に、母が心配そうに「先生、いかがでしょう」と聞いていた。

大久保先生は首を傾げて、真剣な面持ちで目の下の皮膚をピクッと痙攣させて、「ま、何か変化がありましたら、すぐ参りますから、いつでも知らせに来てください」と言って帰った。

先生が帰った後に、祖母は菜々の手をとって寝床まで連れて行った。けれど床についても眠れるはずがなく、時間が睡魔を剥ぎ取り、頭の中はますます冴えわたり、両方の耳に心臓の脈拍音が聞こえてきた。

菜々は寝返りを打って横向きになり、下になった耳を枕に押し当ててみた。すると脈拍は益々大きくなり、耳だけだと思っていたその音は頭の中に広がり始めた。

これっていったい何だろう、何か怖い、不吉なものが忍び寄ってくる足音なのかも知れない。早くこの音を消さなければ大変だ。大変なことが起こってしまう。菜々は仰向けに体勢を戻して両方の耳を手で塞いだ。そうしたら音はすぐ消え、間もなく意識は静かな眠りの霧の中に吸い込まれて行った。


眠っていたのは、どれ位の時間だったのだろうか。昏睡から意識の覚醒は、微かに揺れるレースのカーテン越しに見る風景と似ていた。その朦朧とした意識の向こうから聞こえる、何人かの人の声とざわめきの伝える空気は、菜々の全身に、卒倒する程の電流を流した。

菜々はただ固まってしまい、身動きがとれず、今起き上がった布団の枕元でただ棒立ちになったまま、成す術も知らなかった。

父の寝ている周りには、駆けつけて来たらしい親戚の人達が取り囲んで、「正勝さん、正勝さん」と、切迫した感じの声で父の名前を呼んでいるのが聞こえてきた。

そのうち、ざわめきは一瞬の静寂に変わり、すすり泣きが洩れてくると、母が部屋から飛び出てきて菜々の立っているところに駆け込んできた。黙って手を引っ張って父の枕元に連れて行った。

菜々は父と対面した瞬間、夕べの耳鳴りが鐘の中に入ったような頭鳴りを伴って連動し、その響きは螺旋状に頭の中を駆け巡りながら唸り続けた。

菜々の意識は、どこか遠くの真っ暗闇の、宇宙空間のブラックホールの中に、猛スピードで吸い込まれそうな感覚の中にいた。

そして父の大きく頑丈な翼の背筋に胸を重ね合わせ、自分の小さな羽根を重ねた。それは、トンボのオニヤンマの背中にトウスミトンボを乗せて飛ぶようだった。

父は菜々をしっかりと背中に貼り付けるように背負って、黄泉の国の入り口まで連れて行き、そこで大きく旋回して羽ばたき、菜々を振り落として、一人扉をぴしゃっと閉めた。

この瞬間が夢なのか現実なのか？　物体として今、存在しているのか？　それとも透明人間なのか？　幽体なのか？

父の生命から離脱した想念は、送る人々のたむける香の煙の中に揺らめきながら同化した。

# 自家中毒

　菜々は、来る日も来る日も誰とも話をすることが出来なくなっていた。それはあらゆる感情が鈍化してみずみずしさを失い、そのうち固まって炭化したようになっていた。

　食欲もどんどんなくなり、太陽の動きが奏でる影の移動だけが、菜々に時間を意識させていた。

　夏休みがあと十日程で終わろうとしていた頃、糸のように痩せ細ってきた菜々を母が心配して、大久保医院に連れて行った。

　二人が診察室に入ると、母は小さな声で、お礼のような言葉を言いながら何回も先生に頭を下げていた。

　しばらくして先生は菜々の方を見て、

「お嬢ちゃん、ずいぶん痩せたみたいですね、どうかしましたか？」

と言って、菜々の顔を見てから視線をだんだん下げていった。

「はい、この子はあの日以来、どんどん食欲がなくなって、昨日からはほとんど何も食べられないみたいで、どこか悪い所があるのか心配になりまして」

母は不安げな表情で、大久保先生の顔を窺うように言った。

大久保先生は、菜々にベッドの上に横になるように勧めた。菜々はスリッパをぬいで、膝をついて四つん這いになったとき、急に脱力感に襲われ、手足の力が抜けてぐにゃっとよろけてしまった。

「どうしたの、骨、皮、筋子ちゃんになりそうだよ」

と先生は言って、ベッドにうつ伏せになったままの菜々を見下ろし、白衣の裾をひらりとなびかせて、診療室の入り口と反対側のドアを開け、「おーい、珠子、珠子」と呼び出した。

先生の声を聞いて、奥の方からスリッパの音をさせて出てきた人に、先生は何かを言いつけた様子で、すぐ戻ってきた。

菜々は左の頬を下にして横向きになり、力なく目を開けて、何を見るともなく、床と天井の空間の一点に視線を留めていた。菜々が寝ているベッドの横を通り過ぎるとき、先生は青い紐を付けた木の札をぶらさげて持っていた。見ると、その札には黒く太い墨の字で「本日の診療は終了致しました」と書かれてあった。

その札を読んだ瞬間、菜々は、もしかして今のわたしは、大変恐ろしい何かの病気にかかってしまっていて、他の患者を断って、自分だけに大掛かりな何かの治療を施されるのではないかと勝手な想像が走り、恐怖と不安が手を繋ぎ、もくもく膨らみ、両手で拳骨を作って握り締めた。

診療室の入り口のノブを廻して入って来た先生は、机の横に立ってそっぽを向いている肘掛けの回転椅子に手を掛けて、くるりと廻して腰掛けた。

先生はカルテを真っ直ぐに机の上に整えて万年筆のキャップを外し、記入の用意をすると、母の顔を見て、

「お子さんは自家中毒ですなあ」と告げた。

母は首を少しだけ傾けて、理解出来なげな様子だった。

「きっと、お腹の中に何も入っていなくて、吐きたくても吐くものがない状態ですから、苦い胃液や黄色い水だけが上がってきているのだと思いますよ」

と、菜々を代弁して言った。

菜々はその通りだと納得していた。

母はうなずいて聞いていた。

「今何か一番食べたい物はないかな？」

先生は菜々の顔を覗き込んで尋ねた。

「うん、無理だよね。胃袋がハンガーストライキ起こして鍵閉めちゃっているものねえ。早くこじ開けないと、お風呂で風船みたいに浮いちゃうよ」

それを聞いて菜々は可笑しくなった。固く一文字に結んでいた上下の唇が、びりび

りと音が聞こえる程に剥がれた。

「あっ、笑ったな」

大久保先生は、菜々の顔に自分の顔を寄せて、体温が伝わるほどにクローズアップしてきた。

「うん、よしよし、すぐ良くなるからね。この先生が治すんじゃあないからね、自分で治ると決めちゃうんだよ。決めちゃえば病気なんて入って来られないからね。だって鍵閉められちゃっているものね」

大久保先生は歌うように、気持ち良さそうに奏でた。

「はい、なーおるにきーめた、って言ってごらん」

菜々は声にするのは恥ずかしかったけれど、心の中だけで言ってみた。

大久保先生は菜々から目を逸らさず、

「はい、決めたね」

言い終えると、椅子を半回転させてドアの方を見やった。

しばらくしてノブの音と同時に、ドアが気前よく全開して、長方形の大きなお盆にたくさんの食器を載せた女の人が入って来た。その人は大久保先生の奥さんらしい人で、小柄で、立っていると先生の肩ほどの身長だった。和服姿が醸し出す雰囲気は優美な気品に溢れ、凛とした居住まいは、子供の菜々の目も奪った。菜々は何気なく母の方を見ると、今日の母は白い開襟シャツ風のブラウスに、もんぺをはいていた。

菜々はうつむいて、自分の指先を意味なくもぞもぞとこすり合わせていた。母にもこんな着物を着せてみたいと思った。

先生が診療室をぐるりと見回して、奥さんが運んできたお盆を持ったまま立っているのを見て、

「そうだな、やっぱりここより向こうにしようや」

と言って、ドアの方を、顎をしゃくって指した。

「はい、さあ、さあ、向こうに行きましょう」

先生は二人をうながして、先に診療室を出て隣の部屋に入った。

このあたりは、戦争で焼け野原になった町に、何かの加減で焼け残った家がところどころにあり、この大久保医院の家もその一軒だった。通された部屋は応接間で、楕円形のテーブルと椅子がセットされてあった。テーブルの上には三人分のカステラとココアがきちんと並べてあり、部屋いっぱいに甘い香りが充満していた。

「どうぞ、これをゆっくり飲んでお菓子を食べると、もしかして胃袋が鍵を開けてくれるかもしれないよ」

そう言って先生は、自分が先にココアのカップを持って飲んだ。菜々はこのとき飲んだココアの美味しさは、生涯忘れ難い程に、この世のものとは思えない味となっ

た。カステラもぺろりと食べた。見る見るうちに、石になって固まっていた菜々の感情に隙間が出来、能面が剥がれておかめ気分になった。

「美味しかった?」

先生に聞かれて菜々は「はい」とはっきり答えると、先生はすかさず、

「これはお父さんが天から送り届けてくれた物だよ」と言い、その言葉が菜々の涙腺の堰を切った。

久しぶりに聞いた「お父さん」だったので、目頭から涙が溢れ落ち、スカートの上に丸く水溜りが出来た。菜々が目に溜まる涙を手で拭いていると、先生は立ち上がって隣の診療室に入り、半紙みたいな白い紙を持って戻って来た。そして自分の前のお皿にあるカステラを取ってそれに包み、

「はい、お土産ね」と言って菜々の前に置いてくれた。

それを潮時に母は立ち上がった。

「薬は飲まなくても大丈夫だからね。もう、すっかり治りました、って顔に書いてあるよ」

と先生は、廊下を歩きながら背中に向かって言った。

大久保医院を出て五十メートル位歩いた所で菜々が振り返って見たら、先生はドアに下げた木の札を外そうとしていた。それを見て、先生は自分のために時間を作って

休診にしてくれたことを知った。

家に帰ってから、菜々は口を大きく開けて、息を吐き出して鼻で吸って、ココアの香りが胃の中に残っていたら、もう一度匂いだけでも嗅ぎたいと何回も確かめてみた。でもあのチョコレートみたいな外国の香りは、既に五臓六腑の旅に出払った後だった。

この日を境に、菜々の食欲はぐんぐん旺盛になって、全身の肉付きもふっくらとして、身長も急に伸び、二学期になって運動会の練習が始まる頃になると、クラスの女子の中で、背の順に並ぶと一番後ろになった。

体育の時間に二列並びで何かをするときになると、時々、最後に一人になって隣に誰もいないときの寂しさが嫌で、新学期の初めに男女別に一列に並んで順番替えをするとき、ちょっと背中を丸めて、頭を垂れ気味にして、せめて後ろから三番目になろうとしていた。

まだ小学校四年生だった菜々は、母と外に出かけて歩いているときなどに、顔見知りの人達に道で会うと「もう中学になったのね」といつも言われた。

菜々は、ようやく元気を取り戻していた。毎年のことながら運動会の前日になると、祖母は庭に何本もある無花果《いちじく》をもぎ取って、大きな竹ざるに山盛りにして運動会の見物に来て、クラスの皆にふるまった。菜々もいつもこの無花果のもぎ取りを手伝わされるのだが、これほど嫌いな手伝いはなかった。

木からもぎ取るときに流れ出るミルク状の樹液が手首を伝わり、肘まで流れ、ときには脇の下まで下がってくることもある。樹液は直ぐ体温で乾き、粘度を濃くして皮膚にべっとり張り付いて、かゆみを呼び起こす。あるとき菜々はこの状態を、乳飲み子がまだ母親の乳から離れたくないのに強引に、もぎ取るように離す想像と重なり、何故か痛々しげで可哀想だった。それはまだ甘えていたい、大好きだった父との死別に繋がる、菜々の心の深層に横たわるものだったかもしれない。

菜々の家はこの年で商家を畳むことになり、戦前から土地や貸家を持っていたので、焼失してしまったその跡地にアパートを新しく建て、何人かの人に土地を貸して、四人の静かな生活になった。

# 幸せ恐怖症

　駄目虫、悪虫、いけん虫。菜々が自分の中に、もごもごと動めいているこの三匹の幼虫の卵が、ふ化を待っていると感じたのは十代前半だった。

　菜々は物心がついて幼い自我を意識し出した頃、いつも祖母に言われ続けていた言葉は、「お前が悪い（弟との関係ではどんなときでもいつも言われていた）」、「駄目だ、いけない（自発的にする行動、行為の殆どは止めさせられた）」だった。

　この言葉の洗脳に、長い年月、何の疑いもなく当然の自己認識となっていたのだった。だからいつも自分から何かを決めることは悪いこと、との思い込みが当然となっていた。


　中学は横浜のY私立女学校に合格した。そのお祝いに、東京の大森に住んでいる叔母が来たときのことだった。玄関に叔母の姿を見かけた途端、菜々は咄嗟に脱兎のごとく裏口から逃げ出したのだ。

　背後から「なな、なな」と呼んでいる母の声が、コロコロ転がりながら追いかけてきた。逃げながら菜々の頭の中には、同じ学校を受験して不合格だった従姉妹の顔が風に乗って飛んできて貼りついたのだった。続いて「お前は悪い奴だ」と祖母の声も追いかけている。菜々は恐怖を感じていた。

祖母はその従姉妹が遊びに来ると、どこにいても近寄っていって頭を撫でて、

「なんて真っ直ぐな、いい髪の毛なんなあ」

「こういう髪の毛の女は素直でいい人だとおじいちゃんがいつも言っていたよ」

「お前の毛も、おばあちゃんと同じだね」

などと自分の頭を触って、手櫛を入れながら、

「それに色が白くてお人形みたいだよ」

と褒めて、いかにも、いとおしそうに首をかしげて、じっと顔を覗き込みながら見つめて話している。菜々は二人の絵を目の隅に入れながら外に飛び出すのだった。

駆け足で走っている菜々の顔に風が当たり、髪の毛が、ふわっ、と逆立っては倒れ、額にコロコロ螺旋を描いた。

菜々は、小さい頃、祖母から弟と金太郎飴を分けてもらうとき、いつも小指の先ほどの小さいのを、指の先で摘まんでもらい、弟は五、六センチほどもある棒状の方を持たされていたことを思い出していた。もし、それが反対にでもなっていたら、死ぬほど恐ろしい祖母の雷の直撃を受けることになると思うと、心臓がでんぐり返りそうになるのだった。

菜々は一人でそっと我慢して、歯をくいしばって耐え、時間をやりすごすことで安心と平和のための選択をしていた。

いつしか、自分のポジションは、我慢の座布団の上に座ることが一番居心地のよい場所になってしまっていた。

菜々のこの中学合格は、生涯にわたって時々顔を出す「幸せ恐怖症」となる芽吹きをかすかに自覚した瞬間だった。

自分が合格して従姉妹が不合格になってしまったことに、罪悪を感じてしまうのだった。

# 仲良し

私立の学校だから、みんな遠くからバスや電車で通学してきた。菜々はたまたま同じクラスになった中野令子が隣町の小学校の卒業生で、途中まで通学路が一緒と知って、初めてのクラスメイトとなった。まだ小学生の「尻尾」が残っている二人にとっては、初めて知る女学校は新鮮そのもので、登下校のおしゃべりだけでは話が尽きず、日曜日までもお互いの家を訪ね合ったりするほど仲良しになっていった。

中学一年の前半位までは少女と娘の端境期で、見るもの聞くもの何でも新鮮で、初々しい興味を刺激された。

一学期が始まって一月近くも経つと、隣席の人の性格も少しずつ判ってきて、プライベートな話題の玄関も開けるようになっていた。

「ねえ、チューリップ好き?」

四月の終わり頃の金曜日の朝だった。

菜々が席に着くのを待っていた長井久子が唐突に話しかけた。

「え、チューリップって、花のこと?」

菜々が聞き返すと、

「そうよ、花じゃないチューリップってある？」

ふざけた口調で言い、二人一緒に声を出して笑い合った。この談笑で堰をきった二人は打ち解けて、急に自分の事を色々としゃべりだした。

「私の家はチューリップの農家で、ちょうど今、いっぱい咲いているけれども、外国に輸出するので球根を大きく育てるために、花をみな摘んでしまうの。せっかく一生懸命に咲いているのに誰も見て上げないと可哀想でしょ」

と言いながら、菜々の目の中をのぞきこんだ。

菜々は一時間目の数学の授業が始まっても、しばらくぼんやりしていた。久子から聞いた初めて知る知識を理解しようとしていた。そうなのか、花は自分の盛りを中断して、次の命をつなぐのだ。何とも複雑な思いにとらわれていた。


土曜日の朝、菜々が席に着こうとすると、机の上に結び文を置いて、すうっと久子が後ろの方へ消えた。

手紙には「教室の後ろの出口の、掃除用のバケツに入れてあるから持って帰ってね」と書いてあった。久子の字は細い身体に似合わない、太く強い筆圧で書いた、ころころ転がりそうな字だった。

菜々が後ろを見ると、大きなバケツの中に新聞紙で包んだチューリップの花が、ぎっしり束ねられて花首を寄せ合っていた。

わぁー、すごい。菜々は町で見かける花屋でもこんなにたくさん置いてあるのを見かけたことはなかった。その束の大きさを見て、一瞬どうやって持ち帰ろうかと考えた。

土曜日はいつものバスに乗らないで、ゆっくりおしゃべりしながら歩いて帰る。中野令子に半分わけてあげようと思った。

教室を出るとき、菜々は、いつものように令子と一週間分のおしゃべりをしながら歩いて帰れるものと思い込んで、ゆっくり歩いて校門の横に立って待っていた。

しかし、いくら待っても令子は、なかなか教室から出てこなかった。そのうち三々五々出てくる友達が、チューリップを抱えて立っている菜々の横を通り過ぎるとき、横目でちらっと、何か妙に冷たい視線を投げては目を逸らせて行くのを感じた。

「ねえ、中野令子さん見なかった?」

令子の後ろの席の人が菜々の横を通り過ぎようとしたとき、声をかけてみた。

「あら、中野令子さんね、何だか判らないけれども泣いていたわよ」

言いながらバス停の方に走り去って行った。

えっ、泣いているって？　令子に何があったのだろう。菜々は何か胸騒ぎのようなものを感じながら教室の方へ駆け足でもどった。

教室の中に入ると、令子が五、六人のクラスメイトに囲まれて机の上に顔をうつ伏せにしているのが見えた、傍に寄ると、令子は声を殺すようにして激しく泣きじゃくっているではないか。

取り囲んでいる友達は、代わる代わる令子の背中に手をかけて、何かの儀式のように「あたし？」と言って尋ねている。

聞きながら令子は、頭を強く振って「貴女ではない」との意思表示で答えていた。

この状況は小学校のときによくあった光景だった。女の子が誰かと諍いを起こしたり誰かにいじめられたりして一人で泣いているのを見ると、みんな、傍に寄って行って、自分が原因で泣いているのではないことを確認するために、「あたしじゃないわよね」と言うかわりに「あたし？」と尋ねるのだった。

まだ中学生になって一月もたっていない新入生だったので、ついこの間まで通った小学校でのごく見慣れた挨拶みたいなものだった。

菜々は、びっくりして中野令子の傍に駆け寄って、みんなと同じように「あたし？」と尋ねてみた。

すると令子は、大きくこっくりしたのだった。

「え、何、何？」

いったいわたしが何をして令子を泣かせるようなことをしたのだろう。

菜々は、咄嗟にこの日の朝からこれまでの自分の行動を早送りしてみたのだった。

# やっぱり、あたし？

菜々は、令子のまわりを取り囲んでいる四人の子達の顔を、ぐるり見回しながら「あたしが何かしたのかしら？」「何があったの？」と、誰ともなく小さな声で尋ねてみた。

このとき、菜々は何か身体の中心の骨の中の液体が、ビリビリ小刻みに振動しているようなマグマを感じていた、

「お前が悪い。早く謝れ。悪いのはお前だ」

遠くの方から、そんな声がぼわーんと聞こえてきた。いつかどこかで聞き覚えのあるような、ないような声、いや現実の意識の外から、こだまみたいに聞こえてくる幻聴のようでもあった。

菜々の震えは、しだいに全身に広がり、抱えているチューリップの花束にまでびりびり伝わってきていた。

「怖いよう。怖いよう、誰か助けてぇ」

「神様、お願いです、わたしを、助けてください」

菜々は、今この現実が瞬間移動して、異次元のブラックホールにでも吸い込まれて

消えてなくなることを祈っていた。

四人は一瞬そろって、口元に力を入れ、厳しい表情をして時を止めた。しばらくして、水を打ったようなこの場の雰囲気が、少しだけ和らいだときだった。まだ名前をはっきりと覚えていないが、色が黒く整った顔立ちの子が、菜々の制服の袖をひっぱって廊下の方に視線を伸ばした。そして顎を小さくしゃくって教室の外に出るように促すのだった。

菜々は、この子に促がされるままに連なってそっと廊下に出た。二人が歩き出して、隣のクラスの教室の前を通り過ぎようとしているとき、後ろに人の気配を感じ、振り返って見ると、令子を囲んでいた一人が、追うように小走りでついてきた。

何せ、当時一クラス六十数人もいたので、入学してまだ一ヶ月位では、なかなか名前と顔が一致しなかったので、何か目立つ個性の特徴で覚えようとする頃だった。

二人を追いかけてきた子は、菜々より頭一つ位背が高く、長い髪の毛を三つ編みにして、胸のあたりまで垂らしていた。

三つ編みさんは後から来たのに、二人の間に割って入り、もうずっと前からの親友みたいな親しみのある口調で話し出すのだった。

「ねえ、ねえ、びっくりしちゃったわ。あの中野令子さんの泣き方さ、凄かったわよね」

三つ編みの彼女は、二人の顔を交互に見ながら、意識して間をとるようなもったいぶった様子だ。

「いったい何があったの？」

菜々を廊下に連れ出した人が質問した。

「それがね、今日は、あの人の入った軟式テニス部の練習日だったのよ」

菜々は、ここまで話を聞いた途端、つい、今しがた教室の中で泣いていた令子が、菜々の「あたし？」と尋ねた声に頭で大きくこっくりしたことを思い出した。

その瞬間、何が何だか訳の判らないまま咄嗟に、得体の知れない罪悪感に包まれ、恐怖の津波が波頭の牙をむけて、押し寄せて来るのを感じた。

「どうしよう。どうしよう。大変なことになってしまう」

「わたしは、悪いことをしてしまったのだ」

菜々は話の途中にもかかわらず二人に背を向けて駆け出し、まだ教室で泣いている令子のもとに駆け寄った。

さっきまで机の上に両腕を組み、顔を押し付けるようにして伏せ、声を出して泣いていた令子は、菜々が自分の傍に戻ってきたことを知ると、上体を起こしながら、顔をかくしていた。肩で大きな息をしながら鼻をすすり泣き続けていた。

「ごめんなさいね。ごめんなさいね」

菜々が、令子の顔をのぞき込むようにして言うと、彼女は顔を隠している手を離し、赤く充血している白目を菜々に向けた。


でも、菜々はなぜ自分が、令子を泣かせている行動をしたのか、まったく身に覚えがないのだった。ただみんなに合わせて「あたし?」と言ってみただけだったのに。

菜々の心の中で、遠い幼い日に産みつけられた「悪虫」の幼虫が、いま元気に殻を破ろうと、もがいているのを感じていた。そして令子が怖くなった。

「ごめんなさい」

菜々は震えながらもう一度小さな声で言った。

# 小笠原流と赤いインク

この土曜日の、最後の授業は小笠原流のお作法の時間だった。先生は、野本正子と言う名前があるのに、生徒の間で野本先生と本名で呼ぶ生徒はだれもいなかった。みんなは「小笠原流」と呼んでいた。学校内のどんな場所でも、小笠原流を見つけると、瞬間、背筋をピンと正して私語を中断したものだった。父兄の間でも、野本先生は学校の「影の校長」と言われている存在だった。何せ、この時代の女学校の、教育姿勢は女子たるものとか、良妻賢母の云々、を掲げていたような先生だった。

確かに小笠原流が教えてくれたことには、女学生の頃から半世紀以上たった今でも、思い出しても勉強になっていることがたくさんある。歩き方はその人の生活そのもので、お育ちが現れます、とはよく授業の中で何回も出てきた。

小笠原流が廊下を歩くときの美しさは本当に見事だった。背筋をピンと伸ばし遠くの正面に視点をおいて、水澄ましの泳ぎのような進み方だった。

綺麗なお辞儀の角度も教えられた。授業中の話術も表現力豊かで、「キャッチコピー」のように卒業してもいつまでも言葉で耳に残った。「お辞儀は、品性の玄関です」などもそのひとつとして覚えていた。

　彼女はすでに五十歳は過ぎていたが、蝋人形のような透明感のある綺麗な肌をしていた。たっぷりある直毛を背中まで伸ばして、下の方で束ねリボンで結んでいる。ミニサイズの「おすべらかし」みたいな髪型で、前時代的だった。菜々は、そんな小笠原流の清楚な華やぎを好ましく感じていた。

「ねえ、小笠原流、中野さんのお母さんと同級生で、この学校の先輩だったんですって」

　最後まで残って令子を取り囲んでいた三人が、菜々に視線を合わせないようにしながら、それでも説明するように話し出した。

　言葉少なに小出しに話し出していく三人の説明は、主語と接続詞の抜けたような内容で、聞きながら単語を繋ぎ合わせて理解するのには、菜々にとってあまりにも不明瞭な話し方だった。三人はそんな菜々を感じたらしく、やや流暢に話を回すようになった。

「本当に中野令子さん、あまりにも可哀想だったわよね」

　三つ編み髪がみんなの顔をぐるりと見回しながらゆっくり言った。

「そうよね」

両隣にいる友達は、同調するように頷いている。

「小笠原流、もしかして、近眼じゃないのかしら？」

言いながら、みんな、教室の窓ガラス越しに見えるバレーボール部の練習風景を見やった。

バレー部の生徒達は、胸に黒糸で校章をつけた白い木綿の体操着に、紺色のブルマーを穿いている。

「そうなのよ、テニス部も下はブルマーだったらよかったのにね」

誰かが、ぼそっ、と言う。

いつの間にか令子も自分を囲んでいる友達と一緒に、バレー部の活発な動きと大きな掛け声に気をとられていた。

「困ったわ、小笠原流、きっと、今頃母に電話して言いつけているに決まっているわ。あたし、うちに帰れない」

令子は、また表情を曇らせて泣きそうな顔になった。

「こんな恥ずかしいこと、もういやよ、いや、いや。だってそうでしょ、わたしこの学校辞めたいくらいだわ」

令子の目から大粒の涙がポツンと一粒落ちた。

「絶対来られないわよ。このこと、みんなに見られてるでしょ。隣のクラスの人達にもすぐ知られてしまうわ」

と言う令子の目から大粒の涙がまた一粒、机の上に落ちた。

菜々は、まだ何が何だか判らず、また、自分がどんな立場に立たされているのかを知る言葉の糸口も見つからないまま、ただぼんやりと校庭の方を眺めていた。

入学式に満開だった、シンボルツリーの桜の木もすっかり葉桜になっていた。大きな身体の高校生のお姉さん達が打つ、テニスボールのポーン、ポーン、と力強く弾むラリーの音が心地よく校舎に響き、真っ白なボールが、時に柔らかく茂っている緑の中に消える。

「ちょっと待って中野さん。ねえ貴女の恥ずかしさも、悔しさも充分判るわ。でもさ、貴女、何も……」

毅然とした口調で、誰に同調を求めるのでもない言い方で話し出したのは、三つ編み頭の隣にいた人だった。しかし、続く言葉は出てこなかった。

「恥ずかしいのは、小笠原流の方よ」

令子が、その言葉に、何かふっと手を差し伸ばされたように、明るい表情を見せたのを菜々は見た。

「そうよ、そうそう、片桐さんの言うとおりだわ」

菜々は三つ編みの隣にいる人の名前をはじめて知り、覚えるために個性ポイントを探した。

かなりえらの張っている顔だと覚えた。

この日のことを、菜々はもう一度思い出していた。

下校時、いつも菜々と令子は、どちらからともなくお互いを気にしながら校門の辺りで出会うようにしていた。それなのにこの土曜日、いくら待っても中野令子は校舎から出てこなかったのだった。そういえば、校舎の出入り口の下駄箱の所で、上履きと靴を履き替えたとき、廊下にチューリップの花を置きながら、歩いてきた廊下のずっと先に何気なく視線を走らせた。すると、誰だか判らないけれども、一人の生徒が小笠原流と向き合っているのが見えたのだった。

生徒はテニスのラケットを持っていた。上下真っ白いユニホームを着て、廊下の壁に背を向け、ぴったり張り付くように立たされているようすだった。その前で小笠原流が出席簿を抱えたまま仁王立ちになっていた。菜々は、小笠原流だ、と判った途端、慌てて外に飛び出したのだった。

その頃、中学生の間では、ノートをとる筆記用具は、付けペンが流行っていた。みんな、インクびんを家から持ってきて机の隅に置いてペン先にインクをつけながら書いていた。

インクは大抵、黒かブルーブラックだったが、大事な所にアンダーラインを引いたり、書き込みをするために、赤インクの瓶を持ってきていた生徒も、クラスで何人かいた。

試験の前の授業になると、先生達が、特にここを覚えるようになどと教えると、休み時間に、ペンの先を差し替えて赤インクを持っている人の所へ行って「ちょっと、貸してね」と言ってインクを貰っていた人もいた。

当時、教室の机は二人掛けで、一つの机で、椅子を二つ並べて座っていた。

その週、令子の隣の席の人は三日位前から風邪をひいて連日休んでいた。令子は二人分の机を一人でゆったりと使っている様子だった。彼女も赤インクを持ってきていた。他に何人かの人も持ってきているのだが、休み時間になるといつも令子の席に何人もの人が来て、二言、三言、おしゃべりしては、持ってきたペンの先に赤インクをちゃっかり拝借して、お礼の挨拶代わりに、にっこり笑って自分の席に戻るのだった。

菜々は、まだ同級になったばかりなのに、そんな人達の屈託ない社交性を羨ましく思いながら眺めていた。

土曜日、令子は軟式テニス部の初めての練習日だった。菜々は前から聞いていたことをすっかり忘れて、いつもと同じに一緒に帰れるものと、校門の桜の木の下で待っていたのだ。

令子はこの日、購買部に注文してあったテニス部のユニホームのスコートを取りに行き、そのまま更衣室で着替えを済ませた。

テニスコートには、まだ誰も出ていなかったのを見て、新入部員として身の置き場が判らず、とりあえず時間調整に教室に戻ったのだ。

駆け足で戻って来た令子は、ずっと休んでいる隣の人の椅子に、ひとまずなだれるように座り、それから自分の席に、お尻をずらして移動した。

新品で、しかも純白のスコートは、誰かが垂らした赤インクの雑巾になってしまったのだ。そんなこと何も知らない令子は、ラケットを脇に抱えてテニスコートに向かって、長い廊下の隅を歩いていた。

職員室の前を通って角を直角に曲がり、廊下の続きを五メートル位歩いていたそのとき、後ろから、ふわっ、と人気を感じた。

令子が何気なしに振り向くと、なんだか険しい表情をした小笠原流が、令子の体操着の首の後ろを力を入れて引っ張った。令子がびっくりしていると、小笠原流は令子の前に来て自分の真正面に向かせ、両方の肩を押さえ壁に背中を押し付けた。

「あなた、駄目じゃありませんか、女性は毎月お客様の来る日位判っている筈でしょ。こんなことはじめてです。恥を知りなさい」

小笠原流は、令子を後ろ向きにさせたまま廊下を伝い歩きさせた。そして教室の入り口で令子の背中を叩くようにして中に入るように促した。

令子は全身から火が噴く思いなのに、なぜか頭の中は真っ白で、幽霊みたいに自分の教室の入り口に辿りついたのだ。

「すぐ、お着替えなさって、おうちにお帰りなさい。二度とその格好で廊下に出て歩いてはいけません」

小笠原流は、言い放って肩を怒らせて足早に職員室に向かった。


菜々にこのいきさつを話してくれたのは、この日までテニス部の入部を決めかねていたクラスの二人だった。

二人は、ダンス部かテニス部に入りたかったと言い、先ずテニス部を見学しようと、令子のずっと後ろの廊下を歩いていたときの突然の出来事だった、と教えてくれた。


令子は、新入部員としての、初めての歓迎もかねての練習日ということもあって、きっと、少し緊張しながら、はやる心で急いでいたのだろう。私のことなど頭になかったのだと、菜々は後日思った。

それなら、自分がなぜ加害者になってしまったのだろう。

たぶん、何人もの人が次々に彼女の周りに来て、まだみんなの声も顔も正確に覚えていないときのことだったから、たまたま、菜々の声にコックリしてしまったのだろう。

きっと、二人は、同じ位動揺してしまったのではないか、と菜々はずっと思い続けていた。

そして、これは令子もおかしいし、自分もおかしいと思ったのだが、このとき、菜々は正当防衛というか、当然どんな言葉も見つけることも出来ない不可解な自分を見たのだった。

「お前は悪い、悪いのはお前だ。だから早く謝れ」

これが菜々の子供のときから馴れっこになっている、心のポジションであったことに、そのときは菜々も気づいていなかった。

# 喧嘩

これは土曜日の放課後で、部活でかなりの生徒が教室に出たり入ったりしていたので、すぐみんなに知れ渡ったらしかった。

知らなかったのは、むしろここでは菜々位しかいないのに、なぜ令子はあのときコックリ、自分を加害者にしてしまったのか?

そしてこのとき、どうして菜々は令子の間違いを指摘、説得して、正々堂々と自分を守ることをしなかったのか?

それは出来ない、絶対してはならないことなのだ、そんなことしようものなら死ぬほど怖いことが待っている。「わたしは、悪い」と認めることが、菜々にとって唯一自分が救われることだった。

菜々の悔しさは、この理不尽を許している自分の弱さに向けられていた。

これって何か変だ、絶対変だ。変の正体は何なのだろう。自分を守る正当な感情は、菜々には禁じられた感情として、菜々の中に「総理大臣」か「社長」が椅子に座っているようなものだった。

そしてこの椅子はいつ用意されて、菜々の中に持ち込まれセットされていたのだろうと、ふっと、頭をよぎったが、一粒の小さな泡として消えた。

この日のことは、菜々の少女時代を省みるとき、大きなエピソードとして忘れられない事件の一つだった。

ただ、この日嬉しかったのは、令子がどんな心境だったのかを思い計れないままに、いつものように一緒に帰ったことだった。

令子はみんなに慰められ、理解されたことで、すっきりして晴れ晴れしたのだろう。菜々の傍に寄ってきて、一緒に帰ろうと言って来たのだ。

菜々は思いもよらない展開に、瞬間どう答えたらよいのか戸惑っていると、令子は、兎も角これは今日新しく下ろしたばかりでお母さんに見せてもいないのに、汚してしまったので、お母さんに見せたら怒られるから、今日は一緒に自分の家に寄って謝ってくれないか、と言うのだった。

「解ったわ」

菜々は何だか解らないままに令子の言っている通りにしたがっていた。

二人はいつもの帰り道を言葉少なに歩いていた。菜々は、それを汚したのは自分だとすることを貫こうと考えた。そして自分が悪いのだから、この汚れは洗濯屋に持っていって洗って来ると令子に言うと、令子は「そうね」と無表情で答えた。

菜々は、気まずいことにならないように、

「今日は、土曜日でカバンはスカスカよ。だから、預かって持っていくからこの中に入れて」

と言って自分のカバンを開け、令子が汚れているスコートを抵抗なく自分のカバンの中に入れやすいように促した。

令子は立ち止まって、膝を上げ、足を直角に折ってカバンを乗せて、中からスコートを取り出し、菜々のカバンの中に押し込むように入れた。入れ終えると令子は、だったら今日は、わたしの家に寄らないで帰ってね、とさらりと言うのだった。

二人は、いつものガソリンスタンドの角で別れた。


菜々は一人になって歩き出すと、靴の底が今更のように重く感じられた。そしてこの日の流れを考えていた。なぜこんなことになってしまったのだろうかと。何か変だ。変だ。悔しい、悲しい。

でも、自分を守ったら怖いことになる、その方が悔しさ、悲しさより、もっともっと菜々にとって恐ろしいことなのだ。

だから悔しさを我慢し、悲しさを隠して硬く縛って、どこか見えない所に仕舞っておく以外に何があろうか？

菜々は家の近くに来るとますます足は重くなり、踵を引きずりながら一歩、また一歩と前に進んでいた。

家に帰って居間の障子の取手に手を掛けて開けようとしたら、手の平がぬるぬるして滑って握れない。何だろうと思って手の平を見ると、ずっと抱えていたチューリップの真っ赤な花びらが菜々の右の手の平に握り締められ、揉みくちゃになって花汁で真っ赤に染まっていた。

そうだ、菜々がガソリンスタンドの所で令子と別れて一人になったとき、気が付くと、咲ききった赤い花びらが、制服の白いブラウスの袖を伝って下に落ちそうになったのを見て、右手で受け止めた記憶が甦ってきた。

その後の記憶がまったくない中で、ぼんやり歩きながら無意識に、その赤い花びらを力いっぱい揉んでいたのだろう。

「いったい、こんな時間までどこをほっつき歩いていたんだ」

祖母は菜々の顔を見るや否や、まくしたてるように怒鳴った。

「用があったんだからしょうがないでしょ」

菜々は祖母を睨みながら言った。すると祖母は菜々の抱えているたくさんのチューリップを見て、

「お前、いつから花売り娘になったんだ」

と皮肉とも嫌味ともとれる感情を、露わに言葉の槍で挑んできた。

「ハーイ、菜々さん今日から、花売り娘に、相成りましたでござんす」

言ってから菜々は、突然こんな感情の切り返しが出来た自分にびっくりし、いつから祖母にこんなことを言えるようになっていたのか、菜々は自分が信じられないと思っていた。

「お昼ご飯は何？」

聞くと祖母は、ぷい、と横を向いて、

「時計を見てみろ」と言った。

時計は、三時三十分をさしていた。

「こんな時間のお昼なんてない」

もう、取り付くしまのない祖母は、本気で憎らしそうな表情を菜々に向けるのだった。

こうなったら菜々も意地を張って見せてやろうと思った。

「ああ、解りました、もう一生、この家のご飯は食べません。餓死してみせます」

言ってしまって、よくもこんな激しい言葉が出てきたものか、と自分の口を押さえたくなったが、すでに遅かった。

「おお、願ってもないことだ」
祖母も負けずに言葉の応戦を挑んだ。

しかしこのときの祖母との口喧嘩は、学校での出来事の、押さえ切れない自分の屈折した感情の先からほとばしって出ていたのだった。菜々の悔しさの中味は、紛れもなく不本意な自分に向けられていたものだった、やり場のなさから出ていた感情に他ならなかったのだった。

令子に着せられた濡れ衣を、そのまま黙って纏ってしまった自分。なぜだろう？なぜ自分を守れないのだろうか？　そんな自分が口惜しく、腹立たしさをどこへぶつければよいのだろうか？　理不尽さの悔しさなのだった。

菜々は、ムシャクシャしている感情を丸めて、思いっきり誰かにぶつけられたら、どれ程すっきりするだろうと思った。

菜々は家に着くや否や祖母と口喧嘩をしてしまったことに、言葉の責任を取って見せてやろうと、勉強机の前に無造作にカバンをおいて、制服を着たまま畳の上に大の字になった。

「誰がご飯なんか食べるものか」
もっとものこのときの菜々には、空腹感なんて遠い所に吹っ飛んでいた。

寝ながら天井の節穴をじっと見ていた。するとその穴は中心から、だんだん光を発し、人の眼球になってきた。

「あっ、一つ目小僧。いや小僧ではない」

その一つ目は、大きな鬼の目になって菜々を見据えて押さえ込み、どこか、得体の知れない暗闇の中に、じわじわと押し入れようとしている。

菜々の意識は一瞬ブラックホールの淵に立たされたように頭が真っ白になり、金縛りの締め付けが全身にひろがり始めた。

これって何だろう。何だろう。いつかずっと、遠い昔に知らないどこかで体験した記憶があるような、ないような、不思議な感覚の中にいた。

それは、菜々の前世の記憶のかけらが、くっついてきてひょいと顔を出したのかも知れないと思った。睡魔が静かに寄り添って来そうになったとき、自分の歯軋りで目が覚めた。

菜々は、それから「今」の現実を手繰るべく、朦朧としている意識のカーテンを破こうとした。

気が付けば、天井のただ一つの節に目を奪われたばかりに、意識の旅のわらじを履いてしまったのだった。

さあ、と掛け声をかけて二つの目を大きく見開き、天井の面をくまなく這いまわって視線を遊ばせ、ゆっくりと部屋の中を見回そうと障子の方に目をやると、ぴったり閉じてあったはずの障子が細く開き、祖母の大きな片目が菜々を見やっていた。

菜々は、はっとしてタヌキ寝入りをした。

「おばあちゃん、菜々はお昼ご飯まだでしょ」

人影と同時に、母の声が部屋の外で聞こえた。

「ふん、知らん、あれはダメな人間だ。ふて寝なんかして、ろくな人間にならない」

祖母は足早に母のそばを離れたようだった。

「芝居なんかしやがって」

母に投げかけるように言った。

「お前はあいつを役者にする気か」

なお憎々しげに言い放った。

きっと、振り向いた母に当たり散らしたかったのだろう、と菜々はいつもの祖母から容易に想像出来た。

「大嫌いさ、ああいう根性悪ババア」

菜々は、ごろんと寝返りをうって、不機嫌の矢を祖母に放つのだった。

## 疑問符

令子のスコート事件は、菜々にとって、自分の感情が何か変ではないかと感じた初めての出来事だった。

何かがどこかで、こんがらがっていることは判っている。しかしそれが、自分にとってなぜ必要なのだろうか？　と、この日のこの瞬間、菜々は自分が土筆からスギナになるような感情の体験を感じていた。

祖母はいつも自分の感情をストレートにぶっつけて、言葉の棒切れを振り回して脅かしていた。家族はみな、おどおどしながらそれを許している。これって何なのだろう。

菜々は、令子のスコートを、家族の誰にも言わずに一人でクリーニング店に持って行くことにした。

それは、自分でさえ理解出来ない心の内をどう説明しようと考えてみても、到底言葉を見つけることなど出来る筈のない程、複雑にこんがらがった出来事だったからだ。

菜々は夕方になるのを待って、そっと家を出てクリーニング店に駆け込んだ。

「あの、これ赤インクの染みなのですが、急いで洗って欲しいのですが」と頼んだ。

六十がらみの店主のおじさんは、艶のあるたっぷりした白髪に手を入れて掻き上げながら、眼鏡越しに菜々を見て、明日の夕方に取りに来てくれたら出来上がっているから、とにっこり笑い、カウンターの上で菜々の差し出したスコートを受け取りながら気のよい返事をした。

菜々は、クリーニング店から出来上がってきたスコートを令子に渡すとき、何と言って渡したらいいのか言葉を見つけられないまま、火曜日の朝になってしまった。そして一番に教室に入って令子が来るのを待っていた。

彼女が席に着いたとき「あの、これ御免なさいね」と言いながら、クリーニング店の袋に入れてあるスコートを渡した。

すると令子は「あ、あー、そう」とにっこり笑いながら、爽やかに受け取り、ふうっと席から離れてどこかに行った。

思えば先週の土曜日以来、何をしていても頭から離れなかった。それなのに令子にとっては、少しも心にとめることではなかったのだろうか。あれほど大騒ぎして泣き喚いたのに、まったく何事もなかったような態度に、菜々は納得し得ない何かを感じていた。

そして、菜々は、自分の中にもどうしても理解出来ない「もう一人の自分」が棲んでいるような意識の自覚を感じ始めていた。

どうしても自分を守れなかった理不尽な力はいったい何なのだろう、否、「自分を守ってはダメ、それはいけないこと、悪いこと」なのだ。その背後には、何か得体の知れない漠然とした、恐怖に似た大きな想念みたいな力が居座っていて支配され、コントロールされているのではないか？　と思えてしかたなかった。

菜々は、令子とのこのスコート事件はこうして一件落着したものの、菜々の内に沸きあがってくる、自分を守れない「弱さ」が悔しく、悲しかった。

こんな感情は今まで自覚したことのなかった新たな「自己不信」だと感じた。

それに引き換え、なぜ令子はあんなに爽やかにしていられるのだろうかと、菜々は令子の内なる感情を知りたいとしきりに思った。

そして今、自分もこの悔しさを振り払えたら、どれほど気楽になれるだろうかと思うと、うらやましさだけが残るのだった。

菜々は気がつくと、いつも目で令子をちらちらと観察していた。そしてこんな小心者の自分が情けなかった。何ともウジウジしているとも思った。

そんな菜々を、令子はいつも、二人の間にまったく何もなかったように、テニスの練習のない日には「今日は、歩いて帰りましょうよ」と誘ってきた。

二学期が始まったばかりの九月の暑さは、ことのほか厳しく、生徒達はみんなだらしない足取りで、校舎を出るとゆっくり坂を下っている。

「あの、これ部長から渡して欲しいと預かったの」

坂下のバス停に停まっているバスを目がけて、一人の生徒が勢いよく走って来て、令子の横でピタリと止まり、令子の、カバンを持っている方の脇の下に桜色の封筒を挟んで走り去った。

後ろ姿から隣のクラスでよく見かける色白、小顔で首が長く、ちょっと綺麗系のダンス部の生徒だった。

「あら、何かしら……」

令子は脇の下から、いま押し込まれたばかりの封筒を抜き、表書きを見ていた。

「あの人だわ」

令子が裏返した差出人の名前が菜々の目に入った。

「王さんからだわ」

令子は菜々に告げるように言った。

王さんは、ダンス部の部長を務めている高校三年生で、色が黒く仏像的な高い鼻筋をした生徒だった。彼女の抜群のスタイルの良さは、たくさんの人から憧れの視線を集め、下校時のバスには、いつも一緒に乗りたい人でぎゅうぎゅう詰めだった。とくに中学生には憧れのお姉さまの一人として、話題の人だった。

その頃、女学生の間では、ミニ同性愛的ままごとみたいな恋愛ごっこを「S」関係と称して、お互い手紙やプレゼントを交換したり、シークレットに好意的な関係を持っているカップルがいた。

ダンス部には、何組もの人達が、華やかに、あたかも本当の恋人同士のような振舞い方をして、いつも昼休みには校舎の裏山で仲良く並んでお弁当を食べたりしていた。

高校生のきれいな大人っぽいお姉さん達は、年下の中学生に憧れられて、何人からも視線を送られていた。

令子は「菜々さんに見られてしまったから、仕方ないわ」と言いながら路肩の方に寄り、ガードレールにカバンを乗せて、中から和紙のきんちゃく袋を出して見せた。

「ねえ、これ、副部長の中根さんに貰ったのよ。修学旅行のお土産ってね」

令子が巾着袋を開けて中から金色の鎖を引っ張り出した。その先にはハート型のロケットがついていた。

爪を立ててロケットの蓋を開けると、中にダンス部の中根の顔写真が入っていた。目じりの上がった大きな二重まぶたの目が印象的な、目力の強そうな顔だった。

「へー、令子さん、こんな二人のスターのお姉さん達からラブレターなんか貰っちゃっていたんだ」

菜々は肩で令子の腕を、ちょこんと小突きながら、

「判りました、今日はこれを見せたくて誘ったのね。隅に置けない人ね」

「いやあね、そんなんじゃないわよ」

令子は、空にも届きそうなハイテンションで嬉しそうに言った。

菜々は令子の、天真爛漫で透明感のあるところがいいなあと思った。

それに、自分も令子と話をしているときは、自然と言葉がハミングして転がって出てくるように思った。


菜々は、いつも家の近くまで来ると足が重くなった。

祖母は菜々の顔さえ見れば、何やかやと、小言の種を見つけては、ついて回るのだった。だから自然と無意識に逃げの態勢が身についていたし、だんだん人が怖いと思えてきた。チロチロと顔色を窺っているしかなかった。

また、他人が自分をどう思っているかとかがいつも気になって仕方なかった。そん

な自分が厭だと思うと、人から嫌われて当然と思えてくるのだった。

クラスの中では、誰がつけたのか、いつの間にか「猫」と、仇名で呼ばれるようになっていた。菜々はそう呼ばれる度に物悲しさで受け止め、ヒリヒリするのだった。でもみんなは、それが、まるで本名であるかのように気安く「猫さん」と呼んだ。

いいんです。猫なら猫で。猫の好きなことは、ただ一つあります、それは日向ぼっこ。

あっちに行くな、こっちもだめだ、欲しいものは総てダメ、お前はすべてダメなのだ。

猫が一番欲しいのは自由。そうだ、日記をつけよう。

自由にのびのびとノートの中で楽しもう。

菜々は大きく伸びをした。

# 令子の兄

中学三年の、二学期の終業式だった。

毎学期のこの日は、菜々を帰りに自分の家に誘って連れて行き、お互いの成績表を見せ合って、教科の授業の話や先生の噂をしゃべりあって、たわいのない話に花を咲かせるというのが、令子が一人で決めているようだった。

令子の母は、菜々が行くと、いつでも待っていたように迎え入れてくれ、邪魔にならない気の遣い方で、お茶やお菓子を差し入れてくれた。

しかし菜々は、楽しいことを素直に受け入れようとすると、いつも不安になり、落ち着かなくて、居心地の悪さを感じるのだった。

自分が楽しいことや嬉しいことがあってはいけないのだ。

他の人に対して悪いことをしてしまっているみたいな罪悪感に似た感情が、入道雲のように自分の心のいちばん奥でアメーバのようにうごめいていた。

令子と一緒にいる楽しい筈の時間の中にも、令子を自分の家に呼んだら祖母は露骨に不快感を見せて、いたたまれなくするに決まっている、と思うと、こんな時間は後で必ず傷つく怖さを先取りして怖くなり、内心、引きつってしまうのだった。

確かに一度令子を家に呼んだとき、母がお菓子とお茶を二人の前に運んで来てくれた。

母が部屋を出て一呼吸する間もなく、入れ替わって祖母が、いきなり襖を開けて入ってきて、黙って無表情のまま、二人の間に置いてある菓子盆を下げて、部屋から出て行くのだった。

令子は瞬間きょとんとしたが、直ぐ取り直してくれた。菜々は顔から火が出るような瞬間だった。

続いて、五分も経たないうちに、隣の部屋の畳にばさっと音がした。菜々が襖を細く開けて見ると、乾いた洗濯物が山のように放り投げてあった。

背を向けて去ろうとしていた祖母が振り向いて目が合うと、「いつまで何してるんだ。早く洗濯物を畳むんだ」と、わざと令子に聞こえるように言うものだから、令子は慌てて帰って行ったのだった。

「ごめんなさいね」

菜々は帰りがけ小さくなって令子に言うと、

「別に、いいの、いいの」

と、いつもの爽やかな表情を見せてくれた。菜々は、この人は何でいつもあんなに颯爽としていられるのだろうと思うのだった。

「ねえ、ねえ、それよりも来年早々、両親が二泊の旅行に行くから、一日泊まりに来てくれないかしら？」

祖母のことでイラついている菜々をよそに、令子は楽しそうに言った。

「あなたのおばあさん、きっとダメと言いそうだから、早くからお母さんに言っておいてね」

どうして令子は他人の家族の心情まで読めるのかと面白くなった。

「うん、そうするわ」

菜々は、とりあえずの即答だった。

三学期がはじまったばかりの朝、校門に入ろうとすると、桜の木の後ろから令子が飛び出してきた。

菜々に「三時頃待っているから」と弾んだ声で言いながら、肩を並べて教室に入った。

席につくと菜々は、二人はどこかがズレているのかも知れないと感じたが、明白な分析など出来ようはずもなく、ひたすら好意を持って接していた。

令子の家に着くと、玄関には、男物の靴が三足きちんと揃えて並んでいた。令子からは家族の話をあまり聞いたことはなかったが、いつか「お兄ちゃまがねえ」と話題の端に乗せたときがあった。

妹からそんな呼ばれ方をされている男兄弟を、菜々は羨ましく思った。

想像力は勝手に膨らんで、空想に溶け込み、光源氏に憧れる一人の女性の想像が、小説みたいに、ときめきの予感にスイッチが入った。一瞬小さな恋の泡粒が生まれて消え、消えては生まれた。

あの瞬間はいつ頃だったろうか？　菜々は、季節のカレンダーを逆に捲っていた。

「ごめんなさいね、本当は二人でゆっくりしたかったのよ」

菜々が来た気配を感じたのか、令子は奥の方から出てくるなり、言い訳のように謝った。

「今日は、三人共、みんな帰って来たのよ。それで夕食の仕度一緒に手伝って貰いたいの」

菜々は、令子の予期せぬ言葉にちょっと引いたが、すぐ取り直して、

「え、あたし何も出来ないわよ」

「いいのよ。たいしたご馳走なんか作る訳じゃないから」

と言いながら、菜々は誘導されるままに令子の後について台所に入って行った。

食堂を兼ねた台所は、真ん中に六人掛けのテーブルがあり、窓に面した側面に流しとガス台が並んでいる。

菜々はこんなモダンな台所を初めて見た。

はしたないかな、と思いながらぐるりと見回していた。ここには豊かな生活の香りが満ち溢れていると感じ、羨ましく思った。元気で明るい家族の絵が想像出来た。

「母がカレーライスの材料を用意してあるみたいだから」

令子がそう言いながらザルに入った人参、玉葱、じゃがいもを持ってきて、流し台の上に置き、洗い出した。

菜々は、友達の家の台所に入って料理をするなんて初めてだった。何か不思議な時間に思え、別の自分のように思うのだった。それに令子の傍にいると不思議に解放されるのだった。

令子も何だかうきうきして、饒舌にしゃべりまくっている。

「そんなにしゃべりながら包丁使っていると、手を切って怪我するわ」

菜々が言うと、

「いいの、いいの、しゃべりたいだけしゃべらせて。わたしは自然が大好きなの」

菜々は、「自然」という言葉に、はっとした。いつも、もっとも欲しい一種の憧れの言葉だと思った。

菜々は、令子に指図されるままに野菜を洗い、ザルに入れた。令子は皮をむいて下ごしらえをした。

菜々は令子の手早さと手際の良さに圧倒されていた。令子の家のカレーは、みな野菜を一センチ位のキューブ状に切っていた。

これって、いつかどこかのレストランで食べたことがあるように思い出していた。

菜々は自分の家の野菜は大きさも形もみな違っていたので、こんなことも新鮮で楽しかった。それに令子の話では、令子の母はカレーのルーを三日かけて作ると言っていた。

そう言って令子は、冷蔵庫を開けて大きな鍋を取り出してきた。

菜々が目を白黒させていると、

「母のカレーは財産なんですって」と言った。

「あのね、父が母と再婚の決心をしたのは、この自慢のカレーだったといつも言っているわ。何でも三人の男の子を連れて夕食に招待したときに、このお鍋にいっぱいカレーを作って食べさせたら、みんなお代わりしたそうなの」

菜々は初めて聞く令子の話に耳を疑ってみたくなった。

「母ったら父と喧嘩して口利かなくなって、仲直りしたいときになるといつもこのカレーを作って一件落着にしているのよ。ルーを作っている三日間に、言い訳やら、謝り方とか考えるそうよ。ゆっくり練りあげているうちに、ルーの味もそれなりになるそうよ」

へえ……。菜々は溜息まじりで聞いた。

二人が話に夢中になっていると、二階から誰かが降りてくるスリッパの音が聞こえてきた。

「やっぱり、そうか」

台所の入り口に首だけ突っ込んで言ったのは、黒縁の眼鏡をかけた男の人だった。

「お兄さん？」

菜々が聞くと。

「うん、そうなの、後で紹介するわね。今覗きに来たのは一番小さい兄で、さぶちゃん。一番上がお兄ちゃまで、二番目が兄貴なの。三番目は三郎とかさぶちゃんとかいう名前で呼んでいるの。あの人、目下浪人中だから、食べることしか楽しみがないみたいなのよ」

菜々に気が付いた様子もなく、三郎はすぐ戻って行った。

令子は話をしながらも手元を休めることなく、慣れた手つきで野菜を切っていた。

当時まだ日本の食文化には、レタスやラディッシュなどの洋野菜などは見たこともない時代だった。なのにこの家は、テーブルの真ん中に洗面器ほどもありそうな大きなガラスのサラダボールを置いて、色鮮やかな野菜を配色よく盛り込んでいる。

野菜達は異国の食卓の舞台でバレエを踊っているようだった。

菜々は、令子にラッキョウを微塵切りにするようにビンを渡された。

ビンから取り出したときの彼らは、まな板の上に解放されてまだ暴れ回りたいらしく、右に左に転がった。まな板の上で刻まれるのが嫌なのか、ころころ逃げ回るいたずら坊主を捕まえて切り刻む技は、菜々には手に余る仕事で、時間がかかった。

そんな菜々を令子はちらっと横目で見ながら、階段の下から大声で「ご飯よー」と知らせた。

「あっ」

令子の後ろ姿を何気なく見やったそのとき、菜々の握っていた包丁の先がラッキョウ坊主に逃げられて、左親指の腹に刺さった。

「わあ、どうしよう」

指先からは血がどくどく滴り落ち、まな板の上にこんもり寄せてある刻みラッキョウの山が真っ赤に染まっていった。

「ど、どうしたの？」

令子がすぐ気がついて言った。

「あっ、大変、大変」

令子のすぐ後ろについて来ていたさぶちゃんが、まな板と菜々の指を交互に見ながら覗き込んで、びっくりした様子で言い、後ろに続いてきた兄達に見せるように身体を除けた。

「さぶ、お前、早く薬箱持って来い」

一番後ろに立っていたお兄ちゃまらしい人がさぶちゃんに言いつけると、さぶちゃんは、脱兎のごとく走っていって、救急箱と書いてある木箱をさげて戻ってきた。

「ほら、これからがお兄ちゃまの出番よね」

薬箱を自分の前に置かれたお兄ちゃまは、蓋を開けて中を点検して、

「一番大事な包帯が入ってないじゃないか」

と言いながら、令子と菜々の二人の顔を見ながら、

「洗面所で手をきれいに洗ってくるといいよ」

と教え、

「これを使ってね」

と白い袋を破いて中からガーゼを出して渡してくれた。

「ねえ、兄貴、何か包帯のかわりになるもの探してきてくれないかしら」

令子に言われて出ていく、兄貴と言われた人は、顔はお兄ちゃまに似ているけれども、体型ががっちりしていて、骨太の感じだ。あとで二人が双生児なのだと知らされた。

兄貴さんは、白い紐みたいな布状のものをヒラヒラさせて小走りで戻ってきた。

「あら、いやだ、これお母さんのミシンの上にあったのでしょ」

令子が言う。

「そうだよ」

「それ、私のワンピースに付けるレースなのよー」

令子はちょっと、困った様子でお兄ちゃまの顔を見ながら言う。

「いいよ、お前の洋服に飾るより、友達の傷の治療に使った方が、レースも喜ぶと思ってみたら？　なっ」

お兄ちゃまは令子を促しながら、

「手を動かさないでね」

と言って菜々の指にガーゼを切って当て、包帯のかわりのレースを巻きつけた。

菜々は怪我の手当てとはいえ、異性に手を触れられていることに言葉にならない、何か恥ずかしさみたいな、それでいてちょっと甘美に揺れる炎のような感情の中にいた。

「さあ、一件落着、飯、飯」

そう言って薬箱の蓋をしめ、てきぱきと片付けた。

「どうも有り難う」

言いながら菜々は、心の中で「お兄ちゃま」と呼んでみた。

この日を境に、菜々は、何かにつけ令子のことを思うとき、彼の存在を意識してしまうのだった。

しかし自分の方から令子に彼を話題にする勇気はなかった。

# 喫茶室

令子の家に行ってから、中学三年の菜々は、三人の兄たちに漠然と異性を意識する思いが、だんだん自分の中に広がっているのを感じていた。

テニスコートでラリーをしている令子の姿や、遅刻すれすれにカバンを両手に押し当てて、抱きかかえるようにして校門に駆け込み、教室めがけて走っている令子の姿を見かけるだけで、すぐに三兄弟に思いをつなげて胸がさわさわしてくるのだった。

それは三人のうちの特に誰、という思いではなく、きわめて曖昧な思いだった。それでもひとたびそんな思いに駆られ始めると、誰かの前で話題にして、聞かせたい思いが日ごとに強くなるのだが、とりわけ彼らが令子の兄たちあることが、なんとも菜々には口を開けないところであった。

と、それなら自分の思いを書くことで一人語りをしてみようと、何となく思い立ったある日曜日の午後だった。

「ちょっと有隣堂に行って来るからね」

と母に告げて家を出た。菜々はいつも一人でそこに行って、書籍売り場を見ながらうろうろしているのが一番落ちつけて好きだった。

しかしこの日は、すぐ文具売り場に直行して日記帳の並べてある棚の前に立った。棚には、布張りの和風表紙の日記帳や、サラリーマンが使うような革表紙の日記帳、乙女チックな淡いパステルカラーの配色で、夢を書きたくなるような日記帳たちが買い手を待っていた。

菜々は、どれもみんな魅力的に思えて、手にとって見ようと、革表紙の一番隅の一冊を棚から引き抜いた。

うん、とても重厚でいい。でも黒もいい。けれど男性的すぎる。あっ、茶色と緑色もある……。

菜々が引き抜いた色違いの三冊を、平積みの商品の上に置いて見比べていたときだった。

背後から、ふわっと人の気配と生暖かい空気が近寄ってきた次の瞬間、

「はい、これに決めなさい」

その腕が、真ん中に置いてある緑色の日記帳をつかんで、菜々の顔の前に押し当てた。

なんて失礼なことを、と咄嗟に振り向くと、

「そんなにびっくりした？」

令子の二番目の兄、兄貴さんだった。

「あっ、兄貴さん」

菜々が言うと、

「なかなか気がついてくれなかったね」

と大きく笑った。

菜々は言われた通り緑色の日記帳を買った。

そして、菜々は地下にある喫茶室に誘われて、コーヒーを飲んだ。

初めての「喫茶店」であった。

# マフラーと寿司

毎年、秋になると、中学二、三年生と高校一年生は赤い羽根の共同募金活動に参加して、繁華街や駅前に立って、「共同募金にご協力をお願いいたしまーす」と声を張り上げ、路行く人達の足を止め、善意を募った。高校一年になっていた菜々も、同級生達といっしょに参加することになった。

奉仕活動との名のもとに校外に出て、賑やかな繁華街で、堂々と時間を使えることは、いろいろうるさい校則に縛られていた女学生達にとっては、解放感を満喫出来る楽しい数日だった。

毎週、月曜日の朝礼の後には、風紀委員による服装検査があり、規程の制服に少しでも違反しているものを着ていたら注意されるし、持ち物検査では派手な持ち物や雑誌の類などは没収されたりもした。

そんな、うるさい日常から外に出て外食をすることが許されるこの二、三日を、密かな楽しみにしていた。

その日は、グループ毎に昼に入る飲食店を、あそこがいいとかここがいいなどと話し合った。

共同募金の日のグループ分けは、同じ方面から通学して来る人達で、なるべく纏まるように先生から言われていた。

菜々は当然令子と同じグループになっていた。集合場所の銀行は令子の家の方が近いので、菜々が迎えに行くことになっていた。

十月一日なのに、この日は吐く息が白くなるほど寒い朝だった。早めに家を出て、ゆっくり歩きながら、一〇〇メートル位前方を見ると、令子が駆け足でこちらに向かってやってきた。首には、流行りの極太の毛糸で編んだ、眩しいほど白いマフラーを二重に首に巻いていた。

顔の半分が埋まって全体の表情が見えないながら、目だけで笑っていた。

こんな流行りのマフラーを制服に巻いて学校に行って、うるさい先生や風紀委員にでも見つかったら、即刻取り上げられて、職員室に呼び出されて叱られるに決まっている。

だから、どうしてもそれをしたい人は、登校時には大きな紙の袋に入れて来て、下校時校舎から見えない所に来たとき、おもむろに袋から取り出して、電車やバスの中で首に巻いて帰った。こんな小さな反抗のスリルを楽しむ高校一年になっていた。

菜々は、令子がこのマフラーを早く菜々に見せたくて、待ちきれなくなって、自分の方から菜々の家の方に歩いてきたのだと察した。

「オー、ワンダフル」

菜々は大袈裟なジェスチャーでマフラーを両手で掬うように持ち上げて、羨ましそうに言ってみた。

すると令子は、待ってましたとばかりに、すかさず、

「あの、これ頂き物なのよ」

と満面の笑みで言った。

「分かった、あの人ね」

令子は何も言わずあいまいに笑っていた。

「今日、これして来るつもりなかったのよ。でも家に置いてくるとお兄ちゃまにとられるから持ってきたのよ。だって、これ見る度に、オレにくれ、とか、よこせ、とか言うのよ」

お兄ちゃまという言葉を聞いて、菜々は、なぜか胸騒ぎを感じた。

女子校の学生が制服のまま飲食店に入ることは学則で禁じられていたが、一年に一度の共同募金奉仕で町に立つ三日間だけは解禁されていた。

だからみんなはその三日間をそれは楽しみにしていた。仲間内でどこの何が美味しいとか、朝から顔を合わせるとお昼に入るレストランの情報交換などしていた。

最後の三日目に募金箱を銀行に戻して解放されると、伊勢佐木町の不二家に入って打ち上げに甘いものをたっぷり注文して、おしゃべりに花を咲かせた。

このときも令子が席に着いてマフラーをはずそうとすると、みんな、口々に「わあステキ、自分で編んだの？」とか「ちょっと、貸して」などと言って自分の首に巻いてみたりした。

「ねえみなさん、これ、どなたが編んだかお分かりですか」

誰かが言うと、

「知らない人なんか、ここにはいません。知らないなんて思っているのは本人だけです」

みんな、いっせいに爆笑した。

それほどに、令子とダンス部の元部長の「エス」は目立っていて、同級生の中で有名になっていた。

「いいなあ、わたしにもこんなの編んでくれるお姉さんいないかしら」

「そうだ、ここは、『羨ましがらせ税』として令子さんに奢らせましょうか」

「それがいい、それがいい」

みんな勝手に言いたい放題なことを口に出して、このときとばかりに席を立った。

菜々は、いつも令子の会話の中にお兄ちゃまが出てくると、一人で春の野原にぼんやり座っているような、夢見心地に連れて行かれるのだった。

それは時間が経つにつれ、ときめきを交えながら彼についていろいろなことを知りたいと思うようになり、日毎性急になっていった。

菜々は、いつもながら令子の家で兄妹四人が揃って、和気あいあいとマージャンなどしている家族を目の辺りに見て、心から羨ましくなった。

こんな三人の兄達に囲まれている一人娘の令子だもの、学校でも際立って大人に見えるのは当然、と思いながら、今更のように令子の横顔に見入っていた。なんとも清潔感のある色気のオーラに圧倒された時間だった。

「ねえ、この部屋、男臭いでしょ」

令子が立ち上がって窓を開けた。

裏の家からバニラエッセンスの香りが蛇行して侵入してきて、マージャン卓の上に天井を張り、下に降り、蚊帳状になって四人をすっぽり囲った。

「そうそう、いつものこの香り、たまらないよな。お前もケーキ位焼いたらどう？」

兄貴さんが令子に向かって言うと、

「恋人でも出来た折には、ケーキでもクッキーでも焼いて差し上げますよ、はい」

令子がすかさず兄貴さんに大きな目を向けて笑いながら言い返した。

「そうですか。それならそんな人が出てくるまで俺達が食ってやるから練習しろよ」

「あかんべ」

令子は下瞼を引っ張ってみせた。

「それより、本当に腹へってきたな。今日は飯作らなくていいよ、寿司でも取れよ」

「わー、ばんざい、嬉しい、お兄ちゃま大好き」

令子は、すくっ、と立って電話を掛けにいった。

菜々はこんな明るく優雅な家族を羨ましく思い、眩しさすら感じた。

それに比べて自分はいつだってそこにいるだけで、否定され、疎ましい存在として扱われている……。

そこにはいつしか深い劣等感と惨めさの溝が深く彫り込まれていた。

「あたし、そろそろ帰るわ」

菜々は他人の家で食事をしては、無遠慮と思われるからと思って切り出すと、

「何言っているのよ、今、お寿司が来るのに」

ここで帰らなければ、きっとみんなに図々しい人と思われる、早く席を外そうと思うと、固まってしまって、どうしたらいいか判らないで、ただもぞもぞしていた。

菜々はこんなときどうしていたらいいのか落ち着く術が見つからないでいた。

みんなは本当は帰って欲しいと思っているのではないか、いや、きっとそうなの

それなのにいつまでも帰らない嫌な人、と思われていると感じてしまい、惨めさに取り付かれてしまうのだった。

大きな桶に盛り合わせにしたにぎり寿司が配達されて来ると、「はーい」と立ちながら令子は菜々の袖を引っ張った。

令子は、受け取った寿司桶を抱えて台所のテーブルの上に置き、じっと眺めてからウニの軍艦巻き二個の上に、醤油を一滴落とし、一個を掴んで菜々の口に押しこんだ。続いて自分も大きな口をあけてぱくりと食べた。

令子は菜々に顔を近づけ、ウインクして共通の笑いを誘いながら、続いてもう一度同じように、イクラも摘まんだ。令子が桶の中をきれいに並べ直して、「そうだ、罪滅ぼしにお汁を作ろう」と言い、手早く卵汁を作った。

令子がテーブルセットをした時、家族四人にはいつも自分達が家で使っている箸を置き、菜々の席にだけ寿司屋の割り箸を置いた。

菜々はそれを見た瞬間、咄嗟に差別の悲しさの感情が吹き上がった。

わたしの使う箸だけが、このとき限りで使い捨てられるのだと、いつもの悲しさが湧き上がるのだった。

やはりここでも自分は疎まれているのだと思ってしまうのだった。

# 日記

「お前、この頃日記を書いてないな。止めたのか。どうせお前のすることは、みな三日坊主だと思っていたよ」

高校二年のある日、学校から帰ると、祖母が待っていたように、ふてぶてしい言い回しで菜々に近づいて来た。

まさか、いくら何でもこの祖母が、自分の心の個室にまで忍び込んできて、覗いていたなんて余りにも予想外だった。絶対許せないと思った。

迂闊だった、鍵の掛かる日記帳もあったのに、と今更ながらの後悔先に立たずと気がついた。

と、そのときふっと、あの日記帳を買いに行った日のことを思い出した。

あの日、本屋の売り場であれこれ選んでいるときに、後ろにいた令子の兄貴さんのことが何となく気になってきた。

菜々はこのところ漠然と、自分は幸せになれないのではないか？　という思いが、霧のようにうっすら身を包んでいるように感じてしかたなかった。

自分の存在感に何の自信もなく、ほんのりと煙のようにぼんやり揺れている存在、ただそれだけでいつか消え入るように無くなっていく、そしてそこには、無と存在の境もない。

菜々が日記を書き始めた頃は、それは毎日の小さな楽しみだった。いつになく感情の高揚があった。

書きながら自分が進化、成長しそうな予感を感じたものだった。しかし、祖母にその部屋まで無断侵入されたことで、じわじわ乗っ取られることを思うと、いつも北風の中に立たされている感じになってしまうのだった。祖母は家族の中で、唯我独尊で一人威張っているものだから、母も菜々も、北風に着物を剥ぎ取られないようにいつもひりひりして、ひっそり逃げることで自分を守っていた。

菜々は、この日記事件のことだけは令子に聞いてもらいたかった。ある日の昼休み教室に訪ね、普段は聞き役の菜々だが、この日だけは一気にしゃべっていた。

始まりのチャイムが鳴ると令子は、

「判った。助けてあげる」

と言って後ろ向きになった菜々の背中を押した。言いたいことを話して、少しだけだが菜々は元気をもらって、教室に駆け戻って行った。

五時間めの授業が始まっても集中力は高まらず、散漫でまったく頭に入らなかった。


この日の下校時に菜々が三人のクラスメイトと並んで歩いていると、令子が後ろから来て制服の上着を、ぐっと掴んで抜き取るようにして並んだ。

「昼休みの話だけれども、作戦教えるから帰り家に寄っていかない?」

菜々はこのとき、令子を本当に頼もしく思った。

「うん、いいの?」

「ねえ、わたしこの頃、あなたのおばあさん、面白いと思うわ」

「ふーん」

菜々は令子の顔を見ながら、この人に自分のことなど判ってもらえる筈はないだろうと思いながらも、言葉にして聞いて貰うだけで一時的にでも気は晴れると思った。

物心ついてこの方、菜々はいつも弟の勝也と差別され、顔さえ見れば何をしても理由なく叱られ、小言の雨の中で佇んでいた。いつも野良猫のように他人の顔色を窺いながら、いつ石を投げつけられるかと、びくびくしながら時を刻むように生きていた。こんな自分と対比する、兄弟の中で紅一点の令子は、いつも女王様みたいに振る舞い、扱われている。そんな兄弟位置関係だから、彼女は自信と大らかさが自然に身についたのだと思う。菜々はいつも以上に羨ましく思った。

二人は息つく暇も惜しい程饒舌にしゃべりながら歩いた。令子の家の玄関を開けると、男物の靴が一足、歩いた形のままになって脱いであった。

令子の部屋の机には岩波文庫が五、六冊乱雑に置いてあった。菜々が見ると、彼女は慌てる様子もなく積み重ねた。

「ねえ、これ読んだ？」

その中の一冊を抜いて菜々に渡した。

フランソワーズ・サガンの『悲しみよ、こんにちは』だった。

菜々がすぐ受け取らないでいると、令子は、

「あー、いいなー、なんてステキなこと」

とストーリーを反芻したのか、両手で天井に向かって本を投げ上げた。本のページに風が入り、菜々の足元に落ちた。

菜々が拾って、ぱらぱら適当に斜め読みしているとき、令子は机に座って便箋に何かエンピツで走り書きをしていた。

「ねえ、こんなのどうかしら？」

と言って、書きあがった便箋を菜々の前に差し出した。

「これを日記帳の新しい日付のところに書いて読ませたら面白いと思わない？」

「えっ、これ今貴女が考えたの？」

菜々が、ちょっとびっくりして聞くと、

「そうよ、感想は？」

とさらりと言いながら、菜々の目の中に突き刺さるほどの強い視線を向けて尋ねた。

菜々はこの日、日記の新しいページに、令子に教えられたように祖母あてに大きい字で渡された便箋をそのまま写して書いておいた。


『バカ。これは、おばあちゃんに読ませるために書いた作り話だよ。本当のことは真っ白な何も書いてないところに焙り出しエンピツで書いてあるよ。読みたいなら息を吹きかけて暖かくするか、火にかざすか、湯たんぽの上に乗せてずっと座っていたら字が浮いて出てくるよ。おばあちゃんのことたくさん書いてあるよ』

書き終わって菜々は、令子はなぜこんなことを考えられるのかと思い、伸びやかな発想が可笑しくなった。

以後菜々は、日記は普通の大学ノートに書くことにした。

# 自転車

菜々は、日記帳を祖母が読んだ後、どんな態度に出るか、びくびくしながら見守っていた。

しかし何日たっても変わった様子がないことに、むしろ拍子抜け気味になっていた。机の上には、わざと無造作を装って使いかけの大学ノートを見開きにして重ねておいてある。しかしいつ見てもその置き方はまったく触った様子がない。

その後、令子とも学校で何回も顔を合わせるのだが、そのことには触れない。きっと彼女にとっての日常の中では、通り一遍の小さな他人事で、取るに足りないことなのだろう、と思うことにして、菜々も取り立てて話題にすることを避けていた。

「菜々さーん」

テニスコートの横を通ってバス停に向かって歩いているとき、令子がラケットを振りかざして駆け寄ってきた。

「どうかした?」

菜々が聞くと、

「ねえ、近頃何かいいことなかった?」

令子はいつも見慣れた花のような笑顔で、自分の喜びを話したくてしかたない様子で尋ねた。

菜々はこんなときの令子にはいつも、その勢いに圧倒されて思わず後ずさりしてしまうのだった。

「いいことなんて何もないわよ」

菜々がボソッと言うと、

「そうか、でもそのうちにきっとあるわよ。土曜か日曜に遊びに行くからね」

と言い残してラケットを小脇に挟んで戻って行った。

菜々は何か理由のはっきりしない、陰鬱で、うら寂しい気分で令子の後ろ姿を見送っていた。

なぜだろう……。

今、令子が言った言葉を繰り返し思い出しながら、一人でゆっくり坂道を下りて考えた。

自分はこれまでに楽しいとか喜ばしいと感じたことってあるのだろうか?

「否」

それは自分の内部からの答えだった。自分には幸せが来ないのではなく、何が起ころうと、喜びや幸せを感受する感情の芽がないのではなかろうか。それは感受性の問題に他ならないのではなかろうか。それはいい歌を奏でても音を出せない、言うなれば糸のない三味線を弾くようなものではないか。糸があってもバチがないようなものだ。

菜々はそこでピタッと足が止まった。そして一瞬背筋に冷たいものが流れるのを感じた。

自分のこれまでの成長過程の中で、その感情体験のないことを知った瞬間だった。

学校前のバス停には中学生達が何やら楽しげに話に花を咲かせていた。

聞くともなく耳に入ってくる話をぼんやり拾っていると、先生の噂やクラスメイトのことらしい。

「ねえ、ねえ、ねえ、あのさー。テニス部の部長の中野令子さんステキよねえ、知っているでしょ、もう憧れちゃう。あんな人があたしのお姉さんだったら嬉しいのに」

「無理、無理、無理、だって、自分を考えなさいまーせ」

誰かが言うとみんなどっと笑っている。

「わぁー、想像しただけで、幸せいっぱいだわよ」

一人の背の小さい、ずんぐりした生徒が男性的な太い声で言っている。

「それならテニス部に入れば毎日見られるじゃない」

一塊の生徒達は、バスの中でもひそひそと話し続けていた。


ある日、出先から帰ると、祖母が玄関の前で仁王立ちになって誰かを待っている様子だった。菜々は後ろを振り返っても自分以外に誰もいないことを知ると、ずっと小さいときから味わってきた、叱られる怖さの体験が甦るのだった。それは何回も何回も塗り重ねられた刷り込みだった。

しかしこの日だけは様子が少し違っていた。

菜々が近くまで来ると、祖母は柔らかな表情で手招きしているではないか。

そんな祖母を見たのは初めてだった。この人に何があったのだろうと思った。


「ほれ、こっちについて来い」

言いながら祖母は足早に、玄関の前を通って裏庭に先立って連れて行った。

「ほれ、ほれ、見ろ、喜べよ、これはお前に買ってやったぞ」

見ると、そこにはピカピカの新品自転車が置いてあった。

うそ、そんなことある筈がないと思いながらハンドルを触った。

「これ、勝也のでしょ」

菜々が不信感を持って尋ねた。

「いや、違う。これは本当にお前の物だ」

何だか祖母は自分一人で喜んでいるようだった。そして自転車の鈴をチリンと一度鳴らして見せた。

「ふーん」

菜々は信じられないまま、きっと後から弟のものになるに決まっていると思った。しかしなぜこんなことになったのだろう、と思ったとき、あの日記帳に書いたことが頭に浮かんだ。

きっとそうだ。孫の日記帳を毎日盗み読みしていた罪滅ぼしに、と思ったのかもしれない。そして菜々は、またこんな場面に立っても嬉しさ、喜ばしさの感情が湧いてこない自分に、能面のような内面を見る思いがしているのだった。

どうしてだろう。なぜだろう。

これから先の自分の将来に、漠然とした不安を感じるのだった。

「お前、セーコロリンはいつ行くだ？」

夕食の仕度をしている祖母の後ろを通り過ぎようとしたとき、祖母はくるりと向きを変えて菜々に話しかけた。

「何？　それ」

菜々が尋ねると、

「セーコロリンだよ。ほれ、自転車転がしたり、乗ってくやつだよ」

もう一度祖母が言う。

「何だ、サイクリングのこと？」

菜々が言い直して教えると、

「おー、それだよ、それそれ」

納得顔で言った。

それにしてもなぜ、今、急にわたしに自転車などを買ってくれることになったのだろう。いったい何があったのか？　祖母に狐でもついたのか？　いや狐がついたのは自分の方ではないだろうか？　そして菜々は、これは夢ではないかと思った。

菜々は、物心ついてからの記憶の中で、祖母から喜びや楽しさを貰ったことは、無に等しかった。もしかしたら自分は将来にわたって幸せになれないのではないか？幸せを信じられないで、破滅に進んでしまう性格なのではないか？　と思うと、不安と焦燥に包まれていた。

だから自分はいつも人から何も好意を受けられない人なのだという自己認識の評価の中に立たされているので、悲しさに対する我慢の強さは当然の義務のように慣れていた。それはいつからか無意識に、他人の中で、自分の心のポジションになっていた。そして菜々はこんな自分を嫌でしかたなかった、この性格を変えることが出来たら、と思うのだった。

そんな自覚の中にあって、何でこんな予期せぬ突然の大きなプレゼントを信じられよう。いったい祖母の心にどんないきさつがあって、心境の変化があったのだろうかと菜々は考えあぐねてしまうのだった。

とりあえず、菜々はまだ小学生の低学年の頃、父の大人用の自転車を時々借りていたので、簡単に乗ることが出来てはいた。

高校二年の学年末の試験が終わった日だった。

菜々と令子は、いつも期末の試験の最終日にはどちらから誘い合うこともなく、なんとなく待ち合わせて帰ることが暗黙の約束みたいになっていた。

それなのになぜかこの日は、菜々が校門のところで令子が出てくるのを待っていても、令子は中々出てこなかった。

時計を見るともう三十分以上も待っていたので、何か事情があって来られないのかも知れないとぼんやり考えながら歩き出して、ふっと顔を上げると、走り去ったバスの後ろに一人取り残された令子が、影のようにポツンと立っていた。

「どうせ、そんなところだと思っていたわ」

令子は菜々と目を合わせるなり言った。

「ごめんなさい」

咄嗟に菜々が言うと、

「またー、あなたはごめんなさいの、安売りし過ぎるよ」

菜々は、はっと気が付いた。痛いところを突かれた思いだった。

そもそもこんなに令子と親しくなったのは、この中学校に入学して同じクラスになったとき、あの小笠原流事件のときからだった。あのときはまだ入学したてで、二人とも小学校を卒業したばかりだった。

あのときから思えば、当然ながら二人は思春期に入り、思考力のスケールもそれなりの成長をしていると思っていた。しかし菜々は、心の中ではなぜかいつも、言葉に出来ない、もやもやした欲求不満の渦巻きみたいなものに苛まれている自分の意識を自覚していた。

その先にある具体的な象徴的な出来事が、あの中学一年のときの令子の事件なのだった。

でも今はこうして令子とは、親友と言える仲の良い二人になっていることを思えば、もうどうでもいいことと思うようにしていた。

それにしても令子が「御免なさいの安売り」なんて言うのは、もしかしたらそんな内面を読み取られているのかも知れないと菜々は思った。自分は粘着質過ぎているのだろうか？　と思うと、いつものように令子の屈託なさが羨ましく感じてしまうのだった。

こんな自分を持て余し、鬱陶しく思って思考の切り替えをしたくなると、ぶらっと伊勢佐木町の本屋に出かけて行くのが、菜々の唯一の儀式みたいなものだった。

そこに入るといつも、令子の真ん中の兄に偶然会って、地下の喫茶店に誘われた日のことを思い出してしまうのだった。内心、もしかしてまたそんな偶然があるかもしれないという期待が、小さな泡のように生まれて消えるときめきを楽しんだ。

その頃、時々菜々の留守中に令子が家に来ると、祖母が相手をしているらしかった。気がついて祖母を見ていると、何となく柔らかい表情をして菜々に話しかけてくることがあった。

そうしたある日の休み時間に、令子が「おばあさんが、サイクリングに行ってもいいって言ったから、予定立てたら知らせるわ」とだけ告げに来て、駆け足で自分の教室に戻って行った。

# サイクリング

「サイクリングの日は晴れることを祈っていてね」

何日か前に令子から聞いていたメンバーは、三兄弟と兄貴さんの友達が一人と、あと二人の女性ということだった。

「名前は内緒にしておくわ」と、令子はもったいぶった言い方をして名前を伏せた。

「八人も？」と菜々が聞くと、

「うん、そうよ、ちょうどいい人数と思わない？」

と令子は、遠くの方に目を泳がせながら言った。

「本当はクラスの周さん達も誘おうかな、と思ったけれども、あの人達ってすぐ、お国仲間にシークレットの鍵、開けられそうだから止めたのよ」

と舌の先をちょっと出して笑った。

たしかにクラスにいる何人かの中国人の友達は、自分達に異国意識があるらしく、彼女達が集まると中国語でしゃべりまくっているのを見ることもあるが、そんな令子も持ち前の感度の高さから、むしろ彼女達の方から令子を中心にして取り囲んでいるようだった。

菜々はそんな彼女を校内のいろいろなところで見かけていた。そして彼女は人を嗅ぎ分けられる臭覚みたいなものが発達しているのかなあ、と思ってみた。

特に最近になって、何か祖母とわたしについても観察されているふしを時々感じていた。いや、もしかして操作されたりしているのかも知れないと菜々は思った。

「いいよ、何となり操作してよ。よろしかったらどうぞ令子さん、あなたのまな板の鯉になっても構わないからね」

菜々は心の中で独り言をいっていた。

高校三年の菜々は、令子の三兄弟達とサイクリングに行けることなんて考えただけで、わくわくしてテンションが上がり、夢見心地になっていた。

まるで恋の入り口に足を一歩踏み入れるスタートラインにでも立たされているみたいな心境だった。

五月の第一日曜日は、注文したようなサイクリング日和だった。集合場所は横浜市電のM駅前の神社だ。

菜々は、二、三日前までは、ただ浮き立ったような思いだったのに、前日になると、なぜかしてはならない悪いことをしようとしているような、靄がかかってくる気分になってきていた。

でもつぎに、「いや違います、令子の三兄弟は、わたし達の保護者なのです」という思いの椅子を用意して座った。

この頃、以前より何だか祖母の菜々に接する態度が、少しだけ柔らかくなってきたように菜々は感じていた。

この日も、菜々が朝六時頃目が醒めると、台所の方から、がさがさ紙の音がしていた。

毎朝祖母はポストに新聞を取りに行くのだが、今日は早く起きて読んでいるのだろうかと思って台所を覗いて見ると、調理台の上に大きな蒸し器や、すり鉢、すりこぎ、などが所狭しと置いてあり、自分は床にペタンと座っていた。

「おばあちゃんこんなに早くから何しているの？」

菜々が肩越しに声をかけると、

「ほれ、これをみんなのおやつに持っていけ」

祖母は新聞紙に包んだものを差し出した。

「何これ？」

受け取りながら聞くと、

「何でもいいから、開けたらわかる」

包みは、ずしんと重かった。

「今朝三時に起きて作ったんだぞ」

ぶっきらぼうに、独り言のように言った。

今日の祖母は何かが違うと思いながら、菜々は聞き流していた。

妙なこともあるものだと思いながら身支度をはじめると、菜々の移動するところに飼い猫がついて回り、側を離れなかった。


令子と三兄弟は、菜々が目に入ると手を振って迎えてくれた。菜々が四人の立っている一メートル位手前で止まると、後ろから三人の人が連なって、菜々を追い越して走りすぎていった。

そうなんだ、今日はサイクリング日和だもの、とぼんやり目で追いながら見ていると、その三人は五十メートルほど先まで走ってからUターンして、みんなの前で急ブレーキをかけて止まった。

「あら、お久しぶり」

そのうちの二人から同時に挨拶されて菜々が戸惑っていると、

「と、言うお二人です」

令子は満面の笑みで、今まで伏せていた理由の説明を証明するかのように言った。

二人は、菜々達が中学のときダンス部の部長と副部長だった人で、令子とS関係の先輩達だった。

その後ろで一人気恥ずかしそうな雰囲気で棒立ちになっている、男の人は兄貴さんの友人で、大きな目が印象的な「猪川君」と紹介された。

「いいか、今日はお前達二人が案内人なんだぞ」

二人に向かってお兄ちゃまが言うと、

「任せてよ」

と音を立てて胸をたたきながら、兄貴さんは猪川君と顔を見合わせた。

菜々は、猪川君を何か頼りなげに見やった。

それでも兄貴さんが力強くペタルを踏んで、先頭を走り出すと猪川君も続いた。

菜々は、みんなの足手まといになっては大変と思い、一番最後について行くことに決めていたのだが、走り出すと、いつもお兄ちゃまとさぶちゃんがそれとなく交代で菜々の後ろについて、見守り、気を遣ってくれている気配が背中から伝わってくるとき、甘いときめきが風の中に分け入り、溶け込んだ。

この日の目的地は鎌倉方面ということだけ令子に教えられていたが、何せ自転車で遠出することなんて初めての菜々にとって、途中でドロップしてしまうことのないように、と焦りながらペダルを踏んでいると、過剰に力みすぎる割には思うほどに前には進まず、上半身だけが前後左右に大きく揺れ、呼吸の荒さが後ろの二人にもわかった。

「菜々さん大丈夫？」

さぶちゃんが菜々のすぐ後ろに来て声をかけた。

「はい、平気です」

菜々が言うと、

「いや、そろそろ休んだ方がいいよ」

お兄ちゃまが菜々に被せるように言う。

「おーい、このへんで一休みするぞー」

その一声で、みんなブレーキをかけて止まった。

「あそこに公園が見えるでしょ。そこまでゆっくり歩いて行って、あのベンチで座ろうよ」

さぶちゃんが指さした先に目をやると、道路にそって、こんもりとした緑地帯があり、中央の花壇を囲むように、三、四人が座れそうなベンチがあった。

みな夫々に自転車を停め、どこのベンチに座ろうか迷っているようだったが、とりあえず菜々は令子と並んで腰を下ろした。

「まだ、昼前なんだよな」

時計を見ながら、さぶちゃんが言った。

「そうそうあなた、おばあちゃんに、何か渡されなかった？」

「うん、そういえば」

菜々は令子に言われて、咄嗟に今朝祖母に渡された包みを取りに行った。

なぜか近頃の祖母を見ていると、菜々を差し置いてというよりも、菜々を中に入れず、令子とばかり親しくしているような感じもなきにしもあらず、と思うことがあった。

でも、そんなことがあっても、菜々にはかえって日頃からの「うざったさ」が緩和されることとの方が、むしろ有難い向きもあるのだった。

「ねえ、それ何だか判る？」

菜々が包みを差し出す前に、令子は自分の物を渡されるように受け取って、膝の上でそれを広げている。

「そうそう、思った通りだわ」

と言いながら満足そうににっこり笑い、菜々の方に向き直って、

「あのおばあちゃんのことだから、きっと上手に作ってくれると思ってね、あたし、一生懸命よもぎ摘みに行って渡したの。今日のおやつのために頼んでおいたのよ。はーい、召し上がれ」

令子はよもぎ餅を一人ひとりの前に差し出した。

菜々も一つ取った。ハンドルを握り続けて熱くなっている手の平に、ひんやりした感触が心地よかった。

それにしても菜々は、祖母と令子がいつ、どんな経緯でこんなことになったのだろうか？　と思いあぐねていた。どうやら祖母は、令子に接しているときの顔と、自分に見せる顔とは違うのだと菜々は思った。また、令子には人を惹きつける磁石みたいな力があるのだろうかと思うのだった。


「さっ、行くぞ」

掛け声といっしょに、兄貴さんは自転車に飛び乗って走り出した。

なんて切れのいい綺麗な動きなんだろうと、菜々は一瞬目を奪われた。その時、咄嗟にこの兄貴さんの後ろについて猪川君と二人の間に入って走ってみたいと思った。

この人の後ろについて走れば、ずっとこの美しい機械のような、硬質的な躍動を独り占めして眺めていられると思った。

菜々は、ごくん、と唾を飲んだ。

でも、でも。

そんな行動はきっと他の人に知れたら嫌われるに決まっている。それは菜々にとって何より怖いことなのだ。やはり自分は一番後ろにいるのが自分の定位置であり、心の安全地帯なのだと思っていた。早く自分の本来の場所に戻らねばいけない、の思いに、焦りの感情がじわじわ湧き出していた。

走り出して五分位すると、そんな思いに気をとられて足を重くしているのか、ペダルを踏む力が弱くなり、次第にスピードが落ち、気が付くと他の七人は整然と繋がって、一〇〇メートル位先を走行していた。

それを見て菜々は、やはり自分はみんなからどうでもいい存在として無視されているのかも知れない、と小さい頃から感じ慣れている感情の溝に誘導されていた。

菜々は、そんな感情を断ち切り、振り払いたくて、前方組に追いつこうと気を立て直し、足の先に力を込めてペタルを踏み込んだ。

前軍団の七人は、菜々が遅れていることに気づいたのか、いっせいに片足を付いて止まり、菜々の方を振り向いている。

「ゆっくりでいいからね」

こちらに向かって声をかけてくれているのは、兄貴さんだった。菜々がちょっと恥ずかしげに手を振ると、彼は戻って迎えに来てくれた。

「さっき張り切って後ろからついてきていたのに、だんだん遅れて、あとずさりしていたみたいね。気がつかなくて御免ね」

彼はそう言いながら菜々と並んで、みんなの待っている方に走った。

みんなに追いつくと、

「菜々さん疲れたらしいから、ペース落として行くよ」

と誰に言うともなく告げた。

「そうだな、だったら今から菜々さんを先頭にして、お前ら後ろについたらいいよ」

お兄ちゃまに言われると、兄貴さんが、菜々の隣に自分の自転車を寄せて並び、自信なさそうに戸惑っている菜々の、自転車のハンドルの真ん中を片手で添えて、ぐいぐい引っ張って先頭に連れて行った。

「手袋なんかはめていると滑るから、取ったら？」

と言いながら菜々の手袋の指先を力強く引っ張って剥ぎ取り、自分の上着のポケットに押し込んだ。

「五月の手袋なんて珍しいね」

兄貴さんは独り言のように言うと、首をかしげて口元に笑みを浮かべた。その瞬間、二人の視線は小さな音を立てて跳ねて踊った。

お弁当をどこで食べようかと決める話になったとき、

「江の島がいいな」

と言うお兄ちゃまに、

「鎌倉の建長寺の裏山あたりの方が山に囲まれているから、暖かくていいよ」

と兄貴さんが言い返し、

「それに、こんな日の江の島なんて、人島だよ」

と続けて解説されると、一同わっと笑い、結局、兄貴さんの推薦で決まった。

この日、菜々はみんなとサイクリングに来ていることだけで嬉しく、この時間の中に身を任せて、時が動かなければいいと思った。

令子は一人、蝶みたいにみんなの間を飛びまわり、誰かが持ってきたお菓子やサンドイッチを摘まんだりして、場を盛り立てていた。菜々はそんな彼女を眺めていて、やはり令子は中心が似合うと思った。

この日、何年ぶりかで会った元ダンス部の二人は、高校生のときに華やかに活躍し、たくさんの下級生から憧れの的だったときの雰囲気はまったくなく、知的で硬質的な地味な感じになっていた。なんでも一人は一年浪人してH薬科大に入ったと聞いた。

帰りの道は交通量の少ないところを選んでくれた。でも、そんなところは坂が多く、自転車を引きずりゆっくり歩いていた。みな思いつきのままに、おしゃべりを楽しんでいた。

ただいつも、お兄ちゃまと薬科大さんは、付かず離れずの距離で、何か医学的な話題に終始しているようだった。菜々は、なぜか二人のことが気になり、心の耳が「ジャンボ」になっていた。

四つ角やT字路にさしかかるたびに、兄貴さんはそのつど菜々の自転車のハンドルの真ん中に手を伸ばして掴み、右に左にと舵をきって道案内した。

菜々は少しばかりの腕の接近に「男性」を感じ、一瞬ドキッとし、次に、そうだ、このさりげない爽やかな自然体がなかなかいいと思った。

彼がこの日、彼のポケットに自分の手袋を押し込んだまま持ち帰って、そのままあの日が終わってしまっていたことを、菜々は時々思い出し、気になっていた。

そのうちいつか令子に託して、返してくれるだろうと思っていた。あの片方の手袋を預けていることが、何か好意の糸の繋がりに思うと、菜々の想像は甘美に舞い、膨らみ、軽快なリズムに乗って小躍りでもしそうになっていた。

## プレゼント

高校三年の一学期が終わり、夏休みに入った、ある雨上がりの日だった。

N町にある親戚に使いを頼まれて行った帰り道に、久しぶりに令子の家のある方に歩いて寄ってみようと車道を渡っていると、後ろから二人の女性が、聞き覚えのある外国語で、大きな声で話しながら、早足で追い越して行った。

菜々は、彼女達は令子のクラスメイトで中国人の二人で、いま令子の家に行くところなのだと察し、なぜか咄嗟に引き返すことにした。


家に帰ると門のポストに郵便物がはみ出ていた。菜々が外から抜き取って見ると、模造紙に包んだ、書類とは違う、箱のようなものが入っているようだった。

表書きには、住所もなく、ただ「菜々様」とだけ、右上にこぢんまりと、遠慮がちな字で書いてあった。裏を返して見ると、これまた消え入るほど小さく、隠れたくなるような字で、左下の隅に「中野兄貴」と書いてあった。それを見て菜々は、「秘密にして欲しい」の意を受け取った。

菜々は家族が誰も側にいないことを幸いに、急いで自分の机の上で広げた。開いてみると、中には、新品の黒い革の手袋が、薄く柔らかい包装紙に包まれて入っていた。よく見ると、手首のところが波型にカットしてあり、赤い糸でトリミングしてある洒落たデザインだった。

当時の学校で革の手袋などの高級品を持っている人など誰もいない時代だったから、菜々は、とびきり上等の嬉しさを味わった。

しかし、この真夏の今、突然手袋の贈り物とは？

いったいなぜ？　どうして？　菜々は、そのちぐはぐな、おどけたセンスの理解に戸惑った。

そして即座に令子の顔が目に浮かんだのだが、この際、内緒にしておくべきと思った。

しかし出来れば、この複雑な嬉しさと諸々の心境を思いっきり誰かに話したかった。理解して分かち合える人が欲しかった。

普段だったら一番聞いてもらえる友が、今は、最も隠しておきたい友になっていることが、何とももどかしく、菜々は混線状態の中にいた。

菜々は、この日いったいいつまで手袋に心を遊ばせていたことだろう。気が付くと夕方になっていた。夜になったらこれをはめて町中を歩いてみたくなった。

そして夜道でばったり兄貴さんに偶然会う、いや、本心は会いたい思いを膨らませていた、その小さなときめきの芯の部分に、いつも何かはっきりしない幸せを邪魔する、得体の知れない、影のような別の生き物が住み着いているようでならないのだった。

それは恐怖感情の発生物体なのだろうか。普段は静かに影を潜めているのだが、ひとたび菜々に楽しいことや、幸せの足音や気配が近づき寄り添おうとすると、どこからともなく軟体状の幽霊のようなものが、じわっと現れてそれらを押しのけ、その衣の懐中に吸い寄せられ、飲み込まれてしまうのだ。気づいたときは、もう全身は金縛り状態になってしまい、身動きがまったくとれないのだった。そうなるともはや、真っ暗闇の大海に投げ入れられた恐怖に陥るのだった。

菜々はいつもこの影に怯えていた。菜々の幸せをエサにして棲みついている謎の生物のような存在、この正体は一体何なのか？

この存在が、菜々の将来の幸せを邪魔して、心を蝕むことになるのではないか。この思いにいつも付き纏われ、漠然とした不安の源流となっていた。

それは川をつくる流れにも似て、大波、小波となって静かに流れ、大きくうねり、だから菜々にとって喜びが大きくなればなるほど、この存在もその喜びに比例した大きさになるのだった。

二学期が始まると、高校三年生は卒業後の進路のことで、みんな張り詰めた雰囲気を漂わせていた。

そんな中、菜々は令子と時々廊下や校庭のどこかで会っても、口元で微笑むだけで、言葉を交わすこともなくすれ違うだけだった。そのつど菜々は、ひんやりとした氷の小さなひとかけらが背中に流れ落ちるような思いが走り、取り残されたような一抹の淋しさを感じた。

そして令子の教室の前を通ってトイレに行くとき、習慣的に視線を中に伸ばしていた。すると令子はいつも同じ二人の中国人のクラスメイトとしゃべりまくっていた。

六時間目の最後の授業が終わると、三人は、カバンを両手で胸に抱え、脱兎のごとく校門を出て、バス停めがけて坂を駆け下りて行く姿も頻繁に見かけた。


菜々は、よく伊勢佐木町の本屋にぶらっと足を運んでいた。

ある雨の日、何冊かの本を立ち読みして外に出た。もともと雨の日が嫌いではない菜々のこと、たまには傘を差して、メインストリートではなく裏道をゆっくり歩いてみたくなった。

しばらくすると、西の空に雲の切れ目が出来て、光の筋が弧を描いた。そして雨が止むのか確認しようと、差している傘をはずして空を見上げた。

と、そのとき四階建てのビルの三階の窓から、上半身を出して窓拭きをしている男性がいた。菜々は気にも止めず傘を閉じて、何気なくビルの看板を見た。

看板の文字を読むと、浮き上がった金文字で「中野会計事務所」とあった。そうだった。思えば令子はいつも「うちは自営業なのよ」と言って、伊勢佐木町に事務所があると言っていた。菜々は直感が働いて、もう一度三階を見上げた。

「みーつけた」

菜々は後ろからポンと肩を叩かれた。びっくりして振り返ると、そこに令子が立っていた。

「わあ、驚いた」

菜々が心底驚いて言うと、

「驚くのは、こっちよ」

と令子はいつになく真顔で切り返すような口調で言った。

二人は一瞬、固まりそうになったが、すぐ柔らかな表情に変わった。

「兄貴のところに来たの？」

と令子は三階の方を指差しながら首を傾げて聞いた。

菜々は、もしかして令子は何か勘繰っているのかも知れないと思った。菜々は顔が赤くなるのを感じながら、ここがあなたのところの事務所だったことを今知ったと言いたかったのだが、何か言い訳がましく取られそうで、言葉を呑んでしまっていた。

こんなやり取りをしているところに「お待ちどおさま」と言いながら、どこからか降って湧き出てきたように駆け込んできたのは、いつか夏の頃、令子の家に行こうとしていたときに、道の途中で追い越して行った二人だった。

二人は、きょとんとして笑いかけて、すぐドタドタと馴れた様子で階段を昇って行った。

令子は一人首を縦に振って何かを納得したかのように、ゆっくり上に消えた。


菜々は、淋しさを紛らわせなくては落ち込んでしまいそうになり、一人でもう一度、今来た道路に引き返し、さっきの本屋に戻ってみることにした。

店の陳列棚の裏表紙を読みながら歩いて、今の自分にもっとも相応しい啓発の言葉でも見つけたいと思って探した。でも内心は虚ろに歩いているだけだった。所在なげに店内をうろうろしていた。

ここは伊勢佐木町でいちばん大きな本屋で、三階建てだった。なのに菜々はいつも一階だけ見て帰ることがほとんどだった。たまには上の階にも行ってみるのもいいかと思い、中二階の専門書の売り場を覗いてみることにした。

階段の踊り場で、ちらっと中を覗くと、客は一人もいない。書棚には難しい専門用語が書かれた学術書籍が菜々を圧倒した。それらの裏表紙を読みながら、学問の世界に魅力を感じた。

菜々は心理学の本棚の前に立ち、一冊を取り出した。『論理療法』だった。ページをぱらぱら開いて斜めに活字を追っていた。

するとどこからか、タバコの匂いが菜々の鼻先に遊びにきていた。きっと階下で誰かが吸っているタバコの煙が階段を上ってきているのだろうと思い、入り口の方に何気なく視線を伸ばして見ていると、男の人がポケットに片手を突っ込んで、タバコを吸いながら入って来た。

その人は菜々の後ろを通り過ぎて、一番奥の書籍の前で立ち止まった。

菜々は気にも止めず本屋を出て、伊勢佐木町の本通りに出た。この日思いもよらず偶然、令子の家の事務所を知ったことをぼんやり考えて歩いていた矢先、道の真ん中に高校生風の三人組がこちらに向かってやって来た。あっ、あの三人だ、と思ったと同時に、令子が一人だけ駆け寄って来て、

「今、本屋に行ったでしょ?」

と気になる真顔で問うような口調で言った。

「うん、行った」

と答えると、

「兄貴いなかった？」

何かたたみ込むように言った。

「会わなかったわよ」

と答えると令子は、こっくりして一人何か納得を飲み込んだように、目を遠くに泳がせて聞いていた。

それから、一気に自分のことを話し出した。

「わたし達、この事務所で九月から」

と言いかけて、額に両手で鉢巻を結ぶジェスチャーをした。

菜々が状況を理解出来ない様子を察した令子は、夏休みの中頃から本気で大学受験の勉強に突入したのだが、遅いスタートで間に合わないから、三人で家庭教師を頼んで、事務所で見てもらっているのだと言った。

それでも相当遅れているから、時々、お兄ちゃまと兄貴にも特訓して貰っているのだそうだ。そして令子は、

「わたしは四年より二年の短大の方がいいのよ」

と言い放って、大急ぎで別れて駆け出していった。

久々に令子の近況を聞いた菜々は、自分も本当なら大学で心理学を学びたいと思っていた。しかしこの時代、まだ大学に行く女子は、菜々の周辺や親戚では誰もいな

かった。ましてや、物心ついて自我に目覚めた頃から、自分の希望とか夢なんて持つこと自体、罪悪に感じてしまうことだった。

そんな欲求不満の塊みたいなものを常に抱えてしまっている、暗い性格という自覚が悩みを多くし、息苦しさから、いつしか菜々は心理学に興味を持つようになっていた。だからこの令子の進学を知ったとき、常々感じていた、眩しいほど溌剌としている彼女の「陽」と自分との差が、それ以上に大きく水をあけられたと感じてしまった。

菜々は、令子がとりあえず目的を見つけていることを羨ましいと思い、今この時期に無目的の自分に、焦りを感じていた。


令子と別れて、久しぶりにバスに乗って帰ろうと思い、長者町の停留場に向かった。待つ間もなくすぐ来たバスに乗車しようと片足を上げたその瞬間、背中に春の突風のような生暖かい風圧を感じ、その次にどさっ、と両肩に重石が落ちてきたような感覚に驚いて咄嗟に振り向いた。

そこには、兄貴さんが張り付く程の距離で立っていた。彼は菜々の両肩に力を入れて手を乗せ、一八〇度回転させて自分の方に向きを変えた、菜々はあまりにも咄嗟の行動に、されるままに人形みたいに立ちつくしていたが、我に返ると、もう兄貴さんと一緒に一〇〇メートル程歩いていていた。

菜々はこうしてこの人と肩を並べているとき、令子達は、受験勉強に没頭していると思うと何か情けなく、そして後ろめたい気分になっていた。

「ねっ、雨も上がりそうだね。これから横浜を出ない？」

長身の彼は、上半身をかがめて菜々の顔を覗き込んで空を仰ぎながら誘った。

菜々は今の自分の気分を少しでも紛らわしたかったこともあって、小さく頷いて承知した意思を伝えた。いや、今の自分は誰かと一緒にいて欲しかった。

並んで歩きながら、この人は、きっとあの三人が大学に進学することで、菜々が少なからず惨めな気持ちになっているのを知っているのかも知れない、そう思うと、またその同情も傷つく種になってしまうのだった。

こんな菜々の思いを、兄貴さんは何の頓着もなくいつもと同じ飄々とした表情で、特に菜々を気遣う様子でもなく、若い男性の芳しいほどの清涼感のオーラを爽やかに発し、振りまくかのように、京浜急行の日ノ出町駅の方に歩いていた。

菜々は自分が、雌しべの上を緊張して爪先立ちして、止まったり舞ったりしている蜂に似ていると思い、可笑しかった。

これって「恋の扉」が開かれようとしているのではないか？　と他人事みたいに冷静な観察の横糸と、ピンク色の綿菓子の繊維を縦糸にして、織り成す感情の絨毯の上に乗って、エンゼル気分になって天空に舞う甘美な空想が、一瞬菜々の心に過ぎった。

## デート

菜々が兄貴さんに誘われて二人だけで出かけたのは、これが初めてだった。

菜々はこの日令子と同じクラスの友達が受験勉強に没頭していることを知って、少なからず落ち込んでしまって自分を持て余していたときだった。だから一人小船に乗せられても漕ぐ術も知らず、ただ同じ川の真ん中でぐるぐる回っていた。

そんなとき、兄貴さんに横浜から脱出させてもらっただけで嬉しかった。

京浜急行が横浜駅に着いたとき、兄貴さんは菜々の肩を押して降りる合図をした。

横浜駅構内は、いつもながら人が群れ集まって、ここで行き交う人達はみな都会人独特の、他人を寄せ付けない硬質的な雰囲気で、誰もが確たる目的を持って行動し、エネルギッシュに前に進んでいるのだと思うと、今の自分の心許なさが、あまりにも情けなく、誰かにすがりたかった。

兄貴さんは早足で何人もの人を除けながら抜いて、ホームの階段を滑るように下って横須賀線の方に向かった。菜々も遅れないように小走りで後に続いた。

二人がホームの階段を上がりきると同時に電車が滑り込んできた。車内は半分位空席があり、向き合った四人掛けの座席に、白髪の老人が一人で座り、車窓のガラスに側頭部を付けて目をつぶっていた。

　二人はその前に並んで座り、発車するとすぐ兄貴さんは、

「ねえ、今日は江の島まで行かない？」

と菜々の方に向きを変えて覗き込むように言った。菜々は露骨に喜ぶのも少し恥ずかしいので、口元で小さく笑ってこっくりしたら、兄貴さんもゆっくり笑い返した。このとき彼の目力の強さが妙に気になり、菜々は一瞬男性を感じた。

　江の島は小学校の遠足で来たとき以来だった。菜々の親戚はほとんど横浜に住んでいるので、横浜を抜けるとかなり遠くに来たようで緊張した。

　第一、男の人と二人だけでこんな遠くまで来てしまったことに何か悪いことをしているのではないか、と思うと、やはり菜々は落ち着かなかった。

　こうして兄貴さんと肩を並べて歩きながら、菜々は、もう半年あまりで高校を卒業するのに、何の目的も定まらない焦燥感の中にいた。それに引き替え令子達のことを思うと、羨ましさの中に妬ましさも複雑に混ざった思いが交錯し、歩いている足が地べたに付いている確信が消え、心ここにあらず、という思いだった。

　そんな頼りなげな今の菜々には、心預ける何かが無償に欲しかった。令子の三人の兄弟の中で、真ん中の兄貴さんに、特に好意を持っている訳ではないのだが、三人の

中では、一番菜々に接するときの言葉が、何となく、不思議に菜々の心を掴んでいた。

高校卒業をする現在に至って、何らはっきりした進路が決まらないまま、これからいったい自分はどうなってしまうのだろう、との怖いような思いに縛られそうだった中にあって、兄貴さんを思うときは、冷たい川に足を取られそうになっていると、どこからともなく流れてきた、乗り心地良さそうな小船を見つけたような、そんな存在だった。

そんなことを考えながら肩を並べて歩いているうちに、この、今という瞬間がすっぽり切り取られて、飛行船にでも乗って、どこか知らない遠くの方に行ってしまいたいと思った。誰も知っている人のいない空間に移動して、自分を縛っているすべてを解放したいと思った。

しかし、こうして同じ時間を共有している兄貴さんは、何を考えながら歩いているのだろう……。

江の島に着くと、菜々は大きく弧を描く遠くの水平線を目でなぞりながら、小学校の中学年の頃来た遠足の日を思い出していた。

その日、島の山裾から海に降りて行く途中に、大きな石がごろごろと、岸辺の砂と小石を覆いつくしていた。石畳とはちょっと違い、石達は帽子屋の店頭に置かれて並んでいる帽子の頭頂部のように、尖ったり、平べったかったり、円錐形だったりと、不揃いでその大きさもまちまちだった。

大きく平らな石の上には、裸足で跳び乗っても、その隣の石はいつも乾くことなく滑りが付着していた。だから子供達は追いかけっこをするのに余程の注意をしないと、転んで足を取られてしまう。みんなそのスリルを楽しみながらキャーとかワーとか奇声を上げて遊んでいた。

女の子達はみんなスカートを膝の上までたくし上げ、濡れないように石の上を飛んで波打ち際の方まで繰り出し寄せて返す波と遊んでいた。

菜々はあの遠足のとき、一人で自分の身長より大きな石の側に貼り付いていた。遠い目の先では、クラスの友達が、みんな思い思いにのびのびとして遊んでいるのに、菜々はどうしても楽しむことが出来なかった。

どうしてみんなはあんなに楽しむことが出来るのだろう。

もし自分が今ここから駆け出して行ったら、すぐ転んで大怪我をするに決まっている……決まっている……決まっている。

だから菜々はここでじっとしているのが自分の定まっている位置なのだ。でも何だか変だ。一人だけここに立っている孤独も、怖くて悲しい。誰も相手にしてくれない。

時々誰かが菜々の前を通り過ぎようとして、ちらっと横目で目の隅に入れると、菜々はひきつった表情で小さく微笑み返した。そして屈託なくいつも自由に飛び回っている友人達の仲間に入っていけないのはなぜなのだろうと感じるとき、きっと自分は人から受け入れられないと思って、いつも引いてしまうのだった。自分はみんなの仲間に入ろうとすると、きっとはじかれてしまうに決まってる。だったら傷つく前に、最初からそんな場面を作らない方がまだましだ。そんな心の構図が菜々の内面のパターンなのだった。

だから、中学に入学して同じクラスになった令子は、菜々にとっては、その性格の中に、自分の欲しいものの全てを備えているように感じてしまっていた。

「せっかくだから洞窟まで歩けたら行ってみない？」

兄貴さんは機敏な動作で肘を直角に折って腕時計を見ながら、肩より低い菜々の顔をかがんで見て言った。菜々の顔面に、兄貴さんの温かな息と体温が、カーテンがふわっと揺れて近づいた感触に似て、菜々はほっこりした。

菜々が黙っていると、

「大丈夫、大丈夫」

と言って少し早足で先を急ぐように歩いた。

洞窟の岩屋に入ると、ところどころにぼんやりと小さな裸電球が灯ってはいるが、足元はほとんど真っ暗闇に近い。兄貴さんは当然のように菜々に手を貸し、菜々もしっかり手を握った。菜々のおぼつかない足先で探り歩きしながら、たまにある地面の窪みの水溜りを除けながら歩くのには、手を繋ぐだけではあまりにも頼りなかった。

そんな菜々を察してか、彼は、繋いでいる手を解いて菜々の上腕に自分の腕を差し込んで鎖つなぎにした。そうしてもらうと、菜々も頭のてっぺんから足の先まで安心感が電流のように伝わり、力強く地べたを踏んだ。

岩屋の中は形状がどうなっているのか、曲がり具合はどうなっているのか解からないまま、菜々は兄貴さんの腕だけを頼りに身を任せていた。兄貴さんは組んでいる腕に、時々力を入れて菜々の腕を断続的に締め付けた。そうされる度に菜々の心拍数は上昇し、心臓が土の上に飛び出て転がり、躍り出しそうになった。

何をか言わん。そう、何時間か前に兄貴さんに誘われたときには、こんな感情になることは予測出来なかったのに、今菜々はつい先ほどまで令子やそのクラスメイト達に感じていた、嫉妬心のような感情は次第に薄れ、今ここに一緒に並んで歩いている兄貴さんについての思いの方に重心が移っていた。

まずは菜々にどれ位の好意を寄せてくれているのか？　もしその思いが本当ならば

信じてあげなくてはいけないのではないか？　でも自分はこの人から好かれるに値する女性なんかであるはずはない。わたしは不細工だし、醜いに決まっている。そして性格も悪い。それが知れたらきっと一目散に脱兎の如く背を向けて逃げていってしまうに決まっている……。

それなら傷付く前に自分から身を引いたほうがいい。菜々はだんだん下向き加減になって歩いていた。地面には、溌剌としていつも輝いて透明感をもって嬉々としたオーラを発し、どこから見てもお嬢様然としている令子の顔が、コマ送りで走っていた。

駅に向かう道路の両側には、忘れられたように点在する、みやげ物を売る店が、早々とガラス戸を閉めていた。菜々は間口の広い一軒の店のガラスに映った自分の歩く姿を見ていた。

首は下向きになり、肩甲骨も曲がり気味で、何とも言えないその貧相さに、はっとし、嫌気を感じた。

まだ十八歳というのに、三十歳位のおばさんに見えると思った。

「疲れたでしょ、休もうか？」

兄貴さんが菜々の顔を覗きこんで言う。

「大丈夫」

菜々は元気そうな声で返す。

風に遊ばれた兄貴さんの直毛の前髪が額を隠し、目のあたりまで下がっている。ときどき首を斜め後ろに振って、元の位置に戻そうとする。その動作に菜々の胸がキュンと熱くなる。菜々はこの仕草が好きになった。もうだいぶ前に散髪したらしく、伸びすぎているが、洗いたてらしい清潔なサラサラした髪の毛が風になびいていた。

電車に乗ると太陽は足早に沈み、車窓の外の家やビルに明かりが灯り始めた。

「門限はいつ？」

兄貴さんは真顔で、ちょっと心配そうに父性愛を感じさせるような雰囲気で尋ねた。

菜々は、黙ったまま笑っていた。真綿か綿菓子に包まれているような感覚を思い出し、そして父のことを思い出した。


菜々は記憶する限り、父に叱られた記憶はなかった。

菜々が父の優しさを思うとき、いつも対になって表裏一体をなすのは祖母だった。

小学校低学年のある日のこと、町に来たサーカスの看板演技を友達と見ていて、時間を忘れて夕暮れになってしまった。そのとき、祖母が血相をかえて途中まで迎えに来て学校の校長室に連れて行かれ、廊下に頭を押し付けられて謝らせられたときの、あの裸にされて真っ暗な氷の海に投げ出されるような恐ろしさは、いつ思い出しても菜々を金縛りにさせるのだった。

横須賀線が保土ヶ谷駅を出て、もうすぐ横浜につくと思うと、あの日のことが、思いが、つい昨日の事のようにフラッシュバックしてきた。

今日もこれから家に帰ったら祖母に何と言われるか、そしてどれ程怖い思いをすることになるのだろう、と想像していた。

考えてみれば、常に祖母が、どこで何をしているときでも影のように張り付いているのだ。その影はいつだって菜々が楽しんだり、喜んだり、希望の衣を纏おうとすると、鋭い爪を立てて剥ぎ取ろうとするのだった。

それだけでなく、何もない平常時にも、音量を変えてバックミュージックのように「オマエハダメダ、オマエハワルイ」を繰り返し、菜々の心のスイッチをオンにし続けるのだった。

だから菜々は何かの行動を自分の意思で発動しようとするとき、まず、彼女のその影を退ける心の作業をしてから始めなければならなかった。

まだ幼児の頃、横浜の中心地に近いところで戦災に遭い、母方の実家の農家に仮住まいさせて貰っていたときに体験した弟の保護者体験、そのときの祖母の弟と自分の差別体験が妙な我慢強さとして自分の性格の中に組み込まれてしまっていた。しかしそれはいくつになっても受け入れ難いものとして菜々の中に根付いているのだ。

中学生になって初めての友である令子との関係も、そんな自分の一種屈折した経緯から成り立った親友であることに、菜々は複雑な思いはあるものの、彼女を見て、気づく事も得難く大きかった。


「お前が悪い」と言われたとき、それを認めなければ決して許されることも承認されることもない。菜々は傷つくより我慢したほうがよかった。

今日、家に帰ったら何と言ったらいいか？　菜々は考えあぐねていると、

「疲れた？」

と兄貴さんは菜々の頭の上から声をかけた。

菜々が黙っていると、

「ちょっと歩かせ過ぎたかな？」

と自分に言って一人で納得しているようだった。

菜々が黙って首を振る。

「今度はもっと早く来ようね」

言葉を聞きながら、菜々はまたこんな時間があるのだと思うと一瞬胸がキュンとし、これから先の期待と菜々独特の大きな先取り不安が交差している中で、振り子が

大きく振幅していた。

横浜から京浜急行に乗り換えると、菜々はだんだん祖母の顔を芯にした恐怖がらみの不安に支配され、日ノ出町のトンネルの中に入ったときには、電車の大きなガラス窓に祖母の「鬼顔」が映し出された。菜々はそれを振り払って避けようとして、ガクンと首を垂れた。

するると兄貴さんが、菜々の首の後ろに、五本の指を、蜘蛛が仰向けになって手足をゴチャゴチャさせるようにくすぐった。

そのとき菜々は両肩をピクッと上げて反応し、兄貴さんの方に向き直って、茶目っ気たっぷりにわざと大きく、見開いた目で睨んだ。

「綺麗な襟足だね」

菜々は咄嗟の言葉に、何か見せてはいけない秘密の場所を見られてしまったような恥ずかしさに顔が熱く火照った。それで首を天井に向けて反り返って、その動作に、「ノー、サンキュー」とサインを送った。

すると兄貴さんはそこに出来た首筋の凹みの中に、自分の中指を差し入れて、少しだけ力を入れて摩るように動かした。そうされて菜々は悪くないなと思った。

このとき菜々は、ずっと幼い頃に父と一緒に寝た日のことを思い出していた。

夕方祖母に叱られて泣いていると、父はいつも菜々を抱いて寝てくれた。

そのとき、決まって菜々のおかっぱ頭を撫でてくれていた。そうされると菜々は甘い至福の感情にいざなわれて、安らかな眠りの世界に入っていった。

それなのに、なぜ自分は毎晩のように、夜中になると突然すくっと飛び起きて大声で泣いたのだろう？

それはきっと、父の優しさは祖母の怖さに比べたら、砂漠に落ちた一粒の雨にも満たなかったのだろうし、父が時々菜々にくれたその飴もまた、コールタールのいっぱい詰まったドラム缶の中に投げ入れられた一個のキャラメル程だったのではなかろうか？

祖母の菜々に投げつける小言玉は間髪を容れず、顔さえ見れば、なんだかんだとその種を見つけるのだった。

朝起きて顔を合わせると、

「さっさと出て行かないと学校が始まるぞ。お前は頭が悪いから、人より早く行くことでやっと人並みに並ぶ事が出来るんだからな」

と言い立てて、一刻も早く菜々を追い出そうとするのだった。こうして不愉快な一日が始まるのだった。だから菜々は一年中ほとんど毎日、学校中で一番早く登校していたのだった。

いつも、用務員さんよりも早く行くものだから、彼が校門の鍵を開けるのよりも先に行って待っていた。

「おはようございます」

と菜々が言うと、

「いつも早いなあ」

と、にこりともせず独り言のように言うのだった。

そんなときの菜々は、自分の登校時間の早すぎることが少なからず彼の仕事の自尊心を傷つけてしまって、迷惑がられているのではないかと思うと、自分は彼に悪いことをしているのだと感じて自分を責めるのだった。

だから菜々が校門まで行ってまだ門が開いていないことを確かめると、慌てて校舎の裏手に回って隠れ、時間差をつけて彼が一番に来たように思わせた。ガチャッ、と鍵を開けた音を聞いて彼が用務員室の方に歩いて行くのをそっと見届けて、ゆっくり門の方に歩いて中に入って教室に向かった。

四季を通していつも教室に一番に入り、ドアを開けると、その中に一晩中しっかり隔離されていた、空気のコロイド達が一斉に目を覚まし、菜々を待っていたかのように小走りで寄って来て取り囲み、妖精達が押し合いへし合いながら、我先に夕べの夢の続きを聞きたがってせがんだ。

菜々は教室の窓側の前から三列目のいつもの自分の席に座った。しばらくして落ち着くと、昨日から今朝までのことを反芻するのだった。それは菜々にとって孤独で内省的な時間だった。菜々の次に教室に入って来る人はいつも違う人だった。

そして当番や放課後何かの都合で遅くなったりすると、祖母は必ず、「どこをほっつき歩いて遊んで来たのだ」とか「勉強が出来ないで残されたんだろう」とまくしたてるのだった。

「今、君が何を考えているのか当ててみていいかな」

江ノ島の帰りに横浜駅で京浜急行に乗り換えたとき、電車の中で兄貴さんは、ドアの隅に寄りかかっている菜々の顔を覗きながら言った。

菜々は曖昧な笑いだけで何も言葉を口にしなかった。

「おばあさんに叱られたらどうしようか？　と思っているのだね、きっと」

菜々が黙っていると兄貴さんは、

「重い蓋をした重箱入り娘さんだからなあ」

と鼻に二本の皺を寄せて、屈託ない爽やかな表情で言った。

「心配しなくてもいいよ」

何と言われようが、菜々は、兄貴さんに送ってもらって近所の人や知り合いの人達に見られたら、どんな噂をたてられるかなどと考えると、家の近くまで送ってもらうことは、何としても避けるべきだと思った。どうしても兄貴さんにそこまで解って欲しいと思うのだった。

しかし兄貴さんの様子から見る雰囲気からは、菜々のそんな思惑などまったく感知するどころか、菜々の家に近づくほどに足取りはリズミカルになっているのだった。歩きながら兄貴さんは背中を丸めて菜々の表情を覗くとき、その表情は父親が愛しい小さな子供を覗き込むような表情だった。

菜々は手乗りの小鳥になった気分でさえずり、兄貴さんの手をそっと握った。兄貴さんもすぐ菜々の手を強く握り返した。

家の二〇〇メートル近くに来ると、垣根の外に黒っぽい和服を着た人影が、麦踏みでもしているような風情で足踏みしながら行ったり来たりしていた。

「あっ、おばあちゃん」

菜々がびっくりしたように言うと、兄貴さんは菜々の手をぎゅっとあらためて握り締めてから、痛い余韻を残して繋いでいる手を離した。

夕暮れが迫って、辺りはうっすらと灰色になっていた。時々すれ違う人達の表情も窺い知ることも出来ない位だった。

祖母は二人の姿がわかったのか、ぴたりと動きを止めると、着物の裾を開いて足を踏ん張って仁王立ちになってこちらを見ている。

菜々には見慣れた祖母のポーズだ。

「巨大ふくろうが仁王様に化けたみたいだね」

兄貴さんは菜々の顔を見ながら言い残すと、肩を小刻みに上下にして、自分の言ってしまった言葉に思わず噴き出してしまったのか、祖母の方にどんどん駆け寄っていった。

菜々も後からついて行った。

「こんばんは」

兄貴さんが挨拶すると、祖母は無表情な顔を向けて露骨な無遠慮さで、彼の下から上までじろじろ見てから、菜々に視線を移して他人を見るような目を向けた。

「今日は遅くまで菜々さんをお連れして申し訳ありません」

菜々は小さいときから今に至るまで、この祖母が、家族の幸せを奪ってしまっているのではないか、と思っていた。菜々がこの祖母に傷つけられ、悩ませられ通しなのに、母はいつも親として菜々を守ってくれたことはなかった。菜々は母に甘えたことはなかった。

いや、母もまた祖母の横暴さから自分を守ることに全部のエネルギーを使い果たして、子供に必要な生物的本能から湧き出るエネルギーまでも吸い取られてしまっているのではないかと思えてならなかった。祖母以外の家族は一丸となって団結して同盟感をもつべきではないか。菜々は何回となく同じような日記を書いていた。


「あの、申し遅れましたが、僕は菜々さんの友達の中野令子の兄です」

兄貴さんは流暢に言った。

するど祖母はいくぶん気を取り直したのか、その表情を和らげて、

「ああ、そうだったですか」

そう言ってから祖母は、兄貴さんの肩越しに遠くの方を見やった。

「それではまた」

兄貴さんは軽いおじぎをして、菜々の方をちらっと見て、何か言いたげに帰って行った。

菜々は何かの合図を感じて見送った。

その夜、床についてもなかなか眠れなかった。それにこの日菜々にとっては予期せぬ想像外の一日だったにもかかわらず、母も祖母も何も声をかけてくれないことが、どう解釈したら良いのだろうと思った。

# 進路先

十二月に入ったある日の夕方だった。学校から帰ると、東京に住んでいる親戚で洋装店をしている父方の叔母が、お歳暮の挨拶に来ていた。

菜々は久しぶりに会ったことで、少し気後れ気味に挨拶をすると、叔母は、

「まあ、暫く見ないうちに綺麗になったね」

と小さな子供を見るような目を向け、やがて着ている物すべてを脱がせて点検でもしたいかのように、菜々の全身にくまなく視線を這わせるのだった。

「もう、いつだって嫁に行けるねえ」

菜々はこの叔母をあまり好きではなかった。だってこの叔母は、いつも家に来ると祖母にぴったり寄り添うようにして顔を突き合わせて、ひそひそと話をしていて、菜々を見かけるとすぐ話をやめて口にチャックをするのだ。そんなとき、菜々はいつも自分の悪口を言われていることを察していたので、この叔母がやって来たことを知ると、いつも見つからないうちに身を隠すことにしていた。

菜々は、そんな自分が嫌で仕方なかった。こんな態度はきっと他人から見たら陰湿に映るだろう。自分でさえ好きになれないのに、どうして他人に好意をもたれるだろ

う、もたれるはずはない、と思うと、だんだん他人の中に入っていけなくなっていた。

菜々はいつか学校で理科の時間に「引力の法則」のことを勉強したことを想い出していた。

エネルギーが強いものは、他人のエネルギーを吸引して、自分を中心に弱いものをぐるぐる回してしまう。弱いものは自分のエネルギーの発動力がゼロの状態になってしまうのだ。菜々はこの宇宙の法則を家族に当てはめ、目から鱗の思いだった。

この人の側にいる限り、自立など出来るはずはないと思った。菜々は幼い頃から自分は祖母のまな板の鯉になってしまっているのではないかと思うと、そんな不甲斐なさが腹立たしかった。自分は何が欲しいとかどうしたいとかよりも、祖母に受け入れられるにはどうしたらよいか？　が最優先なのだ。それは望むことではなかった。いや、それはもっとも嫌なことである方が多かった。だからいつも悔しかった。

しかしそれはあくまでも自分に向かってのものであることを、十代の菜々は解っているのだ。でもその感情をどう処理してよいのか判らず、右往左往するほかなかった。特に毎月の女性の「ヒステリーゾーン」に入ると、猛獣が身体の中で暴れ回り、のたうちまわるとき、この祖母を背負い投げして地べたに叩きつけられたら、どれ程すっきりするだろうと毎月思うのだ。

そんな妄想が時々夢となって格闘し、力いっぱい背負ったら、ぐにゃっ、と骨なしの軟体状の、マネキン人形みたいな大人の等身大のものが、菜々の肩に担がれてだらりとぶら下がっているところで、その重さに耐え切れず、びっしょり汗をかいて目が覚めた。

ある日菜々は祖母についてゆっくり考えてみた。祖母は女ばかりの五人姉妹の末娘だった。だから一ヶ月を通してほとんど誰かしらが「うつとヒス」の混合期なのだ。だから姉妹達は、日常の中にあってお互いが絡み合い、相乗されて「女の特性」がより強く、個性の色となるのだろうと思った。いつも誰かしらが、その生物的な女の時期の中にいるから、そのときのホルモン作用によって、「ウツ、プラス、ヒス」期にある人の心の状態が、爽快期の周期にある他の姉妹達にも感応して、普通だったら笑い話で終わる会話までも、角を立てたり引っ掻いたり、憎み合い、怒り等のマイナス方向に展開するに至ってしまう。

考えると、姉妹だけの家族と男女の兄弟が混ざっている構成とでは、個性や性格の成り立ちからも、性フェロモンの濃度の違いがあるのだと納得出来た。

東京の叔母は父の従妹で、菜々の知る限り、いつ来ても、座敷に上がって座るとすぐ腰を浮かせて「さあ帰る、さあ帰る」と話の相槌を打つように言う、せかせかして落ち着きのない人だった。母から聞くところによると、叔母は東京の一流デパートの着物の仕立てを請け負っていて、お針子五、六人を抱えて誂え物を受けつつ、学校を出たばかりの若い子に教える和裁塾をしていた。

この年に限って、叔母は暮れの挨拶に来たばかりなのに、どういう風の吹き回しか正月の三日にもひょっこりやってきた。

そしてなぜか、母もこの日、朝早くから川崎に住んでいる自分の妹と大師に初詣でに出かけていた。

祖母と叔母は顔を突き合わせて、何やら楽しげに笑い声を上げ、ひそひそと何か親密な雰囲気を思わせる様子が伝わってきた。

菜々がお茶を入れ替えに呼ばれて行くと、二人は居住まいを正すようにして、口の外に顔を出そうとしている言葉を、慌てて押し戻して呑んだ。

「それじゃあ、まあ宜しく頼むな」

祖母は、叔母が居間を出て玄関で靴を履いているとき、背中に向かって言った。

叔母は祖母の方に向き直って胸をポンと叩いて「任せてもらう」と自分に気合でも入れているように言って、気ぜわしそうな出で立ちで帰っていった。

菜々は、何か嫌な予感のようなものを感じた。

夕方になって母が帰って来ると、祖母は柔らかい表情で、待っていたとばかりに駆け寄って居間のお膳の前に先立って座り、菜々の方をチラッと見た。

菜々はさり気なく自分の机のある部屋に消えた。


その夜、菜々が風呂からあがると、母は一人でテレビを観ながらお茶を飲んでいた。菜々が側まで行って立ったまま濡れた髪をタオルで乾かしていると、母はテレビから目を外して菜々の顔を見上げて話し出した。

「今日は東京の栗子叔母さんが来たんだってね」

母は感情不明の表情で言った。

「うん」

菜々も母に合わせるように言った。

「それがね、おばあちゃんが、お前が来年卒業したら叔母さんの所に和裁を習いに行かせるから、しっかり仕込んで欲しいって頼んだって言ってるけれど」

母は半ば困ったような、それでも逆らうことなどとても出来ようはずがない思いを、菜々に解って欲しい思いを込めて言った。

菜々は、いつだって母は祖母の思惑の中で逆らわないことで、自分の保身を先ず優先してこの家で生きているところを見ると、可哀想に思うのだった。

「嫌よ、あたしの一番きらいなことだもの」

菜々は本当のことを言った。

母はきっとあんたのことだからそう言うだろうと思ったけれど、と言いながら溜息をついた。

翌日になって母は、

「昨日の話だけれど、あんたは卒業したらとりあえず叔母さんの所に行ってもらうからね」

と決め付けていった。

「判ったよ、一日だけ行ってあげればいいんでしょ」

菜々が感情的に言い放つと、

「まあ、あんたもこの頃強くなったんだね」

と言いながら、祖母を探しているみたいだった。

そうです、わたしは強くなりたいのです。そして菜々は「お母さんだって強くなってよ」と言いたかった。

菜々は自分の机のある部屋に入り、椅子に座って、「考える人」のポーズになっていた。そして思うのだった。

これがもし、菜々の祖母に対する欲求不満の常々から来る性格だったら、自分は一生幸せに縁のない人生を送らなければならないのではないかと考えると、何の光もない、暗い洞窟の中に足を引っ張られる、バックリとした得体の知れない、取り留めのない不安に駆られるのだった。

そして、もしかしたらこれは、何らかの心の病気なのではないか？　と思えてきた。けれど今、偶然に菜々の頭の中から湧いて出てきた心象的語に、はっ、とした。つぎの瞬間に、連鎖的に、兄貴さんに誘われて行った、江の島の洞窟の中にいた時間が小躍りして舞い降りてきたのだった。

菜々はあの日のあの時間が、瞬間移動かタイムスリップ出来たらいいなと思った。菜々の思いは、あの、何時間の時の流れに寄り添った感情の流れを乗せると、大きなハンモックの上に乗り、ゆらり、ゆらりと揺れながら、大きく螺旋を描いて天井を抜け、空を飛び、天使の羽をしつらえた。

菜々は夢想の幸せに包まれた。そしてこのハンモックに菜々を抱いて乗せてくれたのは、紛れもない父だった。

いつか父は耳元で、

「今度は松の木に生まれたいよ」

と囁いた。菜々の二つの目から涙が溢れ、糸となって机の上に落ち、こんもりと小さな丸をつくった。

「お父さんなぜあんなに早く逃げちゃったの？」

菜々は何回も何十回も何百回も叫びたかった。

「菜々、いいな、学校卒業したら叔母さんの所へ着物習いに行くんだぞ。しっかり教えて貰えよ。きっと最初は赤ん坊の産着から縫うからな」

祖母は菜々の部屋の障子を、乱暴にがらっと開けて入って来て、三十五度に身構え、いつものように高圧的に言い放って出て行った。

菜々が黙っていると再び戻って、今度は、

「お前は人の倍やらなければ駄目だからな。ということはだな、三倍で一人前だ。いいかよく聞けよ、先ず最初は赤ん坊の産着からだからな、いいか三枚縫うその次は一つ身三枚、四つ身三枚といくからな、みな三枚ずつ縫うんだぞ、それでやっと人並みだからな。判ったな」

祖母はまだ言い足りなさそうに、上向き加減に顔を天井の方に向け、目を上げて次に何を言おうか考えているみたいだった。

「はい、判りました、そうします」

菜々は、まだ父を想い慕う子供の頃の、糸の先の感情を引き寄せていた余韻の中にいた。

「お前は、ときどき素直になるなあ。おもしれえな」

菜々の心は、このとき、祖母に何と言われようが、風に飛ばされて地面に落ちた風車の羽根のように自由を勝ち取り、勝手に赴くままにコロコロと楽しげに笑いながら飛び回っていた。

祖母は風車の棒だけになっていることに気がつかず、菜々の顔をじっと見て口をもぐもぐさせて話を続けていた。

# いつもの書店

菜々は、新年になってから気が付いてみると、去年の夏頃からいつも感じていた将来の不安とか、それに続く焦燥感のようなものが薄らいでいた。

そしてそれと引き換えるように、いつの間にか兄貴さんのことが気になり出していた。すると、いろいろなことが知りたくなっていた。

何もすることがなくてぼんやりと机に向かっていると、彼の、鼻に二本の皺を寄せて笑うときの表情とか、サラサラとした、洗い立ての清潔な髪の毛が額に落ちて、目に掛かったときに見せる、首をスッと後ろに振ってはらう仕草を想像すると、今すぐにでも側で見たくなるのだった。すると菜々は、次第に兄貴さんに会いたいという思いに駆られてくるのだった。

そのうちなぜだかじっとしていられなくなって、今、もしかしたら兄貴さんもきっと自分のことを何か考えてくれているのではないか、兄貴さんの心の中を円グラフで表したら、菜々はどの位の大きさの中に住んでいるだろうか、伊勢佐木町のあの本屋に行ったら、彼もきっと来るかも知れない、いや来る、絶対来る、来るに決まっている。来ない筈がない。わたしの念力で彼を呼び寄せる……。

菜々はすべての雑念を払いのけて、心を兄貴さんに集中して、玄関の隅にきちんと外向きに揃えてある靴に足を突っ込むと同時に、駆け出しながら履いた。

まるで何かの獲物を追い駆け廻す狩人のように、一目散に電車の停留場に向かって行った。

真冬の伊勢佐木町のメインストリートを歩いている人達は、コートの襟を立て背中を丸めながら忙しげに歩いている。

菜々は路行く人達を追い越しすり抜け、蛇行しながら本屋にたどり着くと、エレベーターに乗り、学術書の売り場に行った。

いつもながらこの階の売り場は人がまばらだ。一階の天井の中央部分が吹き抜けになっているので、フロアがコの字型になっている。中二階の書棚は専門分野の棚で、その前には、たいていどの角度から見ても真面目そうな男の客が三、四人位いれば多いほうだった。

菜々は高校二年生になった頃から、この階に来て心理学書の棚の前で立ち読みをしていた。中には買って自分の手元に置いて熟読したいと思うものもあるが、菜々の財布では買える金額ではなかった。

この日も「交流分析」と金文字で書いてあるタイトルの一冊を抜き取ってページをぱらぱら読み送っていた。そこに書かれている、菜々が日頃家族や身近な人達を観察、考察し分析し、狭く少ないながらデータ化してインプットしている独自の理論とまったく一致している文章を発見したときの喜びは、何事にも変えがたいものがあった。

今この一冊を手に取って開き、読み進んでいると、時の経つのを忘れそうになっていた。ガラス越しに見る窓の外は夕暮れに差しかかっているのか、道を挟んだ前のビルの明かりが灯った。

菜々は一瞬大きく伸びをして欠伸をしたい衝動に駆られたが、はっ、と今の居場所に気づいて肩をすぼめて身を固めて縮めた。

そのとき、ゆっくりと背中の後ろの方から、もわーんとタバコの煙の匂いがスローテンポで歩いてきた。

それは紛れもなく待ち人、兄貴さんの匂いだ、と直感した。

これって以心伝心？　想念は物理化出来るのだ。

菜々は煙の歩いて来る方を振り向いた。しかし視界には人のいる気配はまったくない。

菜々は、これは自分の勝手な願望の思い入れに過ぎないとして、もう一度陳列棚に向き直り、『論理療法』と書いてある翻訳本を引っ張り出した。

読み進めていくうちにどんどん引き込まれて、これは今の自分にとって絶対に必要な一冊だと思った。しかし今の財布の中身では買うことが出来ない。菜々は諦めてそのうちにきっと買おうと思いながら棚に戻した。

それにしてもさっき家を出るときの、あの、兄貴さんに会いたい一心の想いは、ほんのひとときの感情の炎の燃え上がりだったのだろう。菜々はしだいに冷静になって、今さらのように一人で思い出し笑いした。

そして階下に下りる階段を、ゆっくり一段一段踏み締めながら下りていた。

歩いている途中、中ほどで、ジャケットを着て頭を下向き加減にして、両手をポケットに突っ込んだ背の高い男の人とすれ違った。

菜々はすれ違いざまに何となく振り返って見ると、その人の背中には、何かを深々と考えているような、匂いに似た雰囲気のようなものが感じられた。

あっ、兄貴さんだ。菜々は目で追いながら、自分に気がついてくれなかったことを淋しく思い、振り返って彼が踊り場に着くまで立ち止まり、見送るようにじっと視線を繋げていた。

「兄貴さん」

彼がフロアの入り口から右に曲がろうとしたとき、駆け上がって背後から声をかけた。

「あっ、どうしたの？」

兄貴さんはびっくりした顔で言った。

「今来たの？」

菜々の目を見ながら言った。

「いいえ、さっき階段ですれ違ったけれど気がつきませんでした？」

「うん、ほんとに？」

「あまりすましているみたいだったから、人違いかと思ったの」

菜々は本当のことを言った。

「すましてたって？　ここに来るのによそ行きの顔なんかしないよ」

今、ほっとして重い上着を脱いで、やれやれと気楽になったような明るい表情で兄貴さんは言った。

それから兄貴さんは、

「今日どうしても探したい本がここにないかちょっと見てくるから、一緒に来てくれないかな？」

と言って足早に税務関係の本棚の前に行った。

「はい」

菜々は後ろから子供が親の後ろをついて歩くみたいに、小さな歩調で頼りなげに後に続いた。

兄貴さんは棚の上から下へ左から右へと、首ふり人形みたいに無駄のない動きで目的の書籍を探していた。

菜々はどうしていたらいいのか判らず、ただぼんやりと窓の外を眺めていた。長方形の窓枠の中には、プラタナスの枯葉がかすかに残った最後のエネルギーを振り絞って枝の先に吊り下がり、生命の終わりを告知されるまでこの世の別れを楽しんでいた。

「何を眺めているの?」

書棚から離れて側に来た兄貴さんは、身をかがめて寄り添い、菜々の頭の高さに合わせて目線を平行にしてガラス越しの外の景色を眺めた。

「さあ、出ようよ」

兄貴さんは菜々の肩にそっと手を添えて促がすように言った。


本屋を出て伊勢佐木町通りを並んで歩いているとき、菜々はまだ中学生だったとき初めてこの本屋で兄貴さんと偶然会い、お茶に誘われた日を思い出していた。

それは遠い昔のようでもあり、つい昨日のようにも感じられた。

そして今菜々の心の中には、彼の存在が一日一日と大きく根を張っていた。

菜々の身長は、彼の肩より少し低い所に頭がくる程だった。いつも並んで歩いていると、時々、兄貴さんは首を斜めにして菜々の顔を見て、何かを確認するように軽い笑顔を見せる。すると、押し寄せた波が岸に着く前にすぐ返すように、菜々の心臓が呼応した。

# 自分で歩く道

この日を境に、兄貴さんは次に会いたい日を決めて約束をした。菜々はだんだん自分を取り囲んでいる人達のことに気を遣うことが少なくなり、終日、気がつくと彼のことをあれこれ考え、思い巡らせ、想像を膨らませていた。毎日でも会っていたくなった。

二人の会話の中には、令子のことはまったく出てこなかった。それはお互いに彼女のことを意識して話題に入れることを避けているのか、それとも秘密にして温めておきたいのか菜々には判らなかったのだが、おそらくその両方で、彼もきっと自分の思いと同じだと思うことが楽しかった。

菜々はいつも、別れぎわにする次の約束の日まで待ちきれず、間の日に一、二回本屋に出向いていた。店内に入ると、週刊誌や女性誌の前に立ってページを流し読みし、趣味の本の前に行ったりするのだが、頭の中は彼のことだけだった。早くここにいるのを見つけて欲しかった。

その日も約束の日ではなかった。物事はそう上手くいくものではないと諦めてみるのだが、それでもと思い、二階の学術書の売り場に上がって、ひとあたり見回すのだが、そこにいたのは、地味な服装で頭をひっつめにしている中年の女性が一人、歴史書の棚の前に立っているだけだった。

菜々は諦めて階段を下って入り口の方に歩いていった。本屋から出るとき、もしかしたら自分と行き違いに彼が来るような気がして、後ろ髪を引かれる思いだった。

道路を渡り、反対側の斜め向かいの宝石店の前にさしかかったとき、店のショーケースの中を、身体を斜めにして、首を店の中に食い入るようにして熱心に覗いている男の人が、菜々の目の中に飛び込んできた。

菜々がその店の隅にさしかかったとき、その人はゆっくり後ろに向き直って、

「きっと、そうじゃないかと思っていたよ」と言った。

「どう、タイミングかなりいいんじゃない?」

そう言いながら、彼は菜々の背中を押してこのビルの地下にある喫茶店に連れて行った。

地下のドアを開けると、中はかなり暗く、入った瞬間足元がほとんど見えない位だった。

真ん中の通路を挟んで半分はテーブルを挟んだ四人掛けボックスになっていて、半分は列車の座席のように同じ方向に並んで座る二人掛けの席になっていた。

ここに入ったばかりのとき、菜々は余りの暗さに何か経験したことのない正体不明

の不安のようなものを雰囲気の中に感じ取った。おぼつかない足取りで床を探るように歩いていると、彼は左肘を曲げて腕で丸を作った。菜々は何の抵抗もなくその腕の中に自分の腕を組み入れた。

しかし時間が経って目が慣れてくると、そんな不安は、夏の雲が遠くの空に尻をはしょって急ぎ足で飛んでゆくように、すぐ消えた。

彼は全体をぐるりと見渡して、二組空いている四人掛けのボックスの奥の席を菜々にすすめた。

この日菜々は、卒業したら叔母の所に和裁を習いに行くことを告げた。聞きながら彼は、のどの奥からビー玉みたいに丸い空気を転がして出すような、ころころした声を出して笑った。

「何か、可笑しいかしら？」

菜々が言うと、

「うん、おおいに、可笑しい」

と言って首を天井に向けて、はっ、はっ、と口から機関車の煙突が煙を息にしたみたいに、喉から空気だけを吐き出して笑った。

笑いが止むと、ポケットからタバコの箱を取り出して、中から一本を抜いて口にくわえ、ライターで火をつけ、二度深く吸い込んで、灰皿の真ん中で火をもみ消した。

菜々は彼のどんな仕草も見ているだけで、何かが湧き出て目に見えない淡い色彩が鼓動し、踊り、歌が聞こえた。

タバコを消しているときに見る、丸めた三本の指が醸し出す手の仕草の表情の繊細さ、両目をゆっくり動かして菜々の目まで辿りつかせるまでの落ち着いた視線の中の集中力、それはプロボウラーがストライクを狙うときに見せる、周りの空気まで張り詰めさせて、他人までも自分のつくった空気の中に引っ張りこんでしまう闘争力の視線とはまったく違う。

その視線の奥から発している引力はあくまでも自然で優しい誘いがあった。

いざないの力は強すぎず弱すぎず、ただ柔らかく暖かく、絹糸よりもっともっと細い、そしてもっともっと丈夫で、決して切れることのない蜘蛛の糸で織った布に包まれるのだった。

布は微かな銀色を放ち、菜々をさらって溶かし、イリュージョンの世界に導いた。

その一瞬、微かに睡魔の到来のようなものを感じ、菜々の魂は肉体から離脱し浮遊しながら異次元の入り口にさしかかった。

「早くこっちに入っておいで」

「何も心配することないよ」

それはずっと遠い日に確か嵐の中で聞き覚えのある、菜々の一番大好きだった男性の声だった。

彼は、菜々のいつになく虚ろな表情を、愛しい小さなわが子を見るときに似た甘やかな目で見ながら、膝の上でタバコの箱をもぞもぞいじりはじめていた。

彼は時々会話が途切れると、中のタバコを包んでいる紙から銀紙を剥がして、こよりを作って、あっと言う間に手品のように、そのこよりで親指と人指し指で丸を作った位の小さな細工ものを作るのだった。菜々は彼と頻繁に会うようになって、はじめて彼の面白い特技を知った。ある日作った亀は、背中の部分の網目がきちんと織ったようになっていて、首を前に突き出して上を向いていた。羽ばたき寸前の鶴も作った。社交ダンスを踊る一組のカップルも作った。そのペアの足は三本だった。

「足が一本足りない」

菜々が手にして見ながら言うと、

「そうだよ、だって二人三脚じゃないときついからね」

彼は口元だけで小さく笑う。

そしてこの日菜々がぼんやりして、はっと気を取り直すと、コーヒーカップの底にはわずかに残っている最後の一口分しかなかった。菜々がそれを飲もうとしてカップの取っ手を掴みかけようとして手を出したとき、彼の手がさっと伸びてきて、菜々のその左手首を掴んだ。

彼の手の力は強く菜々の薬指を摘まんで持ち上げ、銀紙で作ったリングを嵌めた。

「いいね、試作品だよ」

と言う。菜々は黙ってじっと見つめていた。

「なに考えているの?」

彼は言う。

「なにも考えてないわ」

菜々は嘘をついた。

菜々はこの瞬間を予期していたとは言え、頭の芯の部分から発して閃光を放ってぐるぐるまわる、栗のいが状のミラーボールを、異次元空間の第三の目で凝視していた。

菜々は昔から、時々この「今」という瞬間が、過去のあるときに体験した実感とまったく同じ瞬間であるような、時間の悪戯の錯覚の中に迷い込んでいる浮遊感の中に座っていることがあった。

この日、兄貴さんは自分の家族のことを饒舌にしゃべった。

「ねえ、令子のこと気になってない?」

首を傾げて言う。

「うん、特にないけれども」

それは彼に言われるまでもなく、令子は常に菜々の中にいなくてはならない存在だ。

菜々は兄貴さんをゆっくり正面から眺めるように見て、笑いで返事をした。

彼女のことをあれこれ考えるにはあまりにも量が多すぎるので、敢えて意識的にカーテンの向こうに押しやって見えないようにしているのだった。ここにいたって令子のことをあれこれと想像すれば、雑多な思いが膨らんで、不安の方を膨らませてしまいそうで、そんな自分が怖かった。

「菜々さんは一緒にいると癒されるよ。令子は騒がしくていかん、あいつ一人で三人分位しゃべってうるさくてね。なんだって威張り散らしてさ、自分の思うようにならないとわめいたりして凄いんだからね、僕達三人束になっても負けるよ。最初に可愛がりすぎたのが不味かったよな。だんだん女王様になってさ」

そんな言い回しの中に、妹思いの頼りがいのある兄貴を感じた。

「じゃあ三人共、家来なんですか」

菜々がふざけるような言い回しで言うと、

「いや、下男と言うところかな」

言い終わらないうちに彼は反り返って、声を殺して喉の奥の方から無邪気な雰囲気の笑い声を発した。

「さっ、そろそろ出ようか」

兄貴さんはレシートをもって立ち上がり、レジで支払いを済ませて外に出た。二人は、先ほど出てきた有隣堂の前に差し掛かっていた。

菜々は、まだ中学生だった頃の冬のある日、ここの店頭に並んでいた日記帳を買おうとしていたとき、兄貴さんと偶然出会った日のことを思い出していた。

そのとき兄貴さんが、

「ねー、いつかここで日記帳を買っていた日のこと覚えている?」

そう聞かれて、菜々は今自分の考えていたことと同じことを彼も思っていたのだと知って、足が止まった。

「あの日記帳、三日坊主じゃなかった?」

菜々は兄貴さんの目を見ながら曖昧な笑いで答えた。

「そうだ、これから交換日記をしない? きっと楽しいと思うよ」

菜々はあまりにも唐突な申し出に戸惑って、なんと答えてよいのか言葉が出てこなかった。

確かに今の菜々にとって、彼のことをたくさん知りたいのは山々なのだ。かといって文字で「ストリップ」する恥ずかしさもあるし、しかし全てを見せて受け入れて欲しいとの思いも本当の心の姿だった。

菜々が、自分の中に溜まっているマグマを文字にしたら、そのいさぎよさはきっと兄貴さんを圧倒させてしまうかも知れない、そうなったらきっと彼は去って行くだろう……。

「そうだ、そうだ、きーめた。勝手なおしゃべりノートにすればいいでしょ」

言い終わると、彼は一段と足を速めて駅に向かった。

「おしゃべりノート？　そうか、そうか、そーれは嫌」

と、菜々は独り言のように呟いた。

「えっ、今、何て言った？」

「そーれは嫌じゃ、そーれは嫌、そーれは嫌じゃ、そーれは嫌じゃって、言ったの」

すると兄貴さんは上体を屈めて、自分の顔を、菜々の顔の体温が伝わるほど近づけた。

と、つぎの瞬間、彼の腕が菜々の肩にまわり、力いっぱい抱き寄せた。

# 船着き場

この日、彼は菜々を送る京浜急行の電車に乗り、家のある駅のひとつ手前で、背中を押して降りることを促した。

M駅前の広い道路は、通学時には学生で賑わうものの、それ以外の時間帯は、いたって人気の少ない町の駅だった。

二人は道路を渡り、小学校とY校のある道に曲がり、大岡川の川岸を歩いた。川の護岸に積み上げた大きさの不揃いな、玉石の隙間からは闘争するように伸びた逞しい雑草達が、その丈を伸ばす力を断念して、川面に弧を描いた姿を水鏡に映していた。

川岸を歩く兄貴さんは、菜々の背中に腕を廻し、肩をしっかり力強く引き寄せていた。

「菜々さん、僕、やはり親父の会計事務所を継ぐことにしたからね。税理の資格はまあまあ取れたけれども、会計士となるといつなれるかなと心もとないというところでね。兄は自分の好きな職業の道を進んでいるし、さぶのやつは小さいときから何考えているのか判らんやつでね、でも遊ぶことになると目を輝かせてね、麻雀なんか教えるとすぐ覚えるし、強いよ、それに面白いんだよ。覚えるとすぐ令子を引っ張り込んで、教えたがってね。あいつは妙に自信みたいなものがある奴でね、それで三人の消去法で、僕が時々、事務所の手伝いをしているうちに乗せられたって感じでね」

兄貴さんは川の方に歩いて近づき、遠くの方に視線を遊ばせた。川の水は引き潮なのだろうか、静かで規則正しい波模様をつくっていた。この水はそのうち横浜港に合流して、太平洋の沖に出て世界中の旅に出るのだ。

小さい頃、祖母から聞くところによると、この川が運河として生きていた頃、ところどころに船着き場があり、町の小さな家内工場で作られた輸出品のスカーフや、チューリップ、ダリア、ユリの球根、そして養殖した金魚の稚魚などが、小さな船で運ばれていたと話してくれた。

菜々は兄貴さんに肩を抱かれて歩いていて、会話が途切れても、ただ二人が今というこの瞬間に、同じ空間で同じ空気を分け合って身体の中に入れているだけで幸せだった。

護岸を船型にくり貫いてコンクリートで作ってある船着き場は、川岸の道路から三、四メートル位下にある。そこに船をつけて、荷物を船に載せるときには、道から船着き場まで降りて運ばなくてはならない。荷物の種類や形状によって、それに都合のよいように、スロープと階段を造ってある。

二人は歩きながら、いつの間にか隣町との境あたりにある船着き場の側まで来ていた。

そして兄貴さんと菜々の足は、ごく自然に道路の続きであるかのように、その船着き場のスロープを下っていった。

そこは船が横付けに接岸して、人や荷物の出し入れには狭いのではないかと思った。ここのスロープで、よく小学生の悪戯盛りの男の子達が、自転車に乗って上り下りして遊んでいたのを、菜々はついこの間のことのように思い出していた。

と、そのときだった。兄貴さんは突然足をとめ、護岸の石の壁に菜々を押し付け、両肩に手をかけて、くるりと自分の方に向きを変えさせ、抱き寄せた。

「怖い……」

菜々の心臓は早鐘を打ち、全身の骨がバラバラに解体してしまいそうに震えていた。

「怖くなんかないよ、大好きだよ」

長いキスだった。

兄貴さんは、唇を離しても、ずっといつまでも抱きしめていてくれた。菜々の鼓動はやがて静かに元に戻り、兄貴さんの背中に両手を廻して、胸に顔をうずめていた。

「ずっと離さないからね」

もう一度、なお強く抱き寄せて言う。

船着き場から上の道に上がるスロープの反対側は、十段位の階段になっていた。

菜々は兄貴さんの腕を取り、すがるようにつかまり、二人はゆっくり足を揃えてコンクリートの階段を登った。

階段を上ってあと一段で道に出るとき、何気なく川の中を覗いて見た。

階段の下には、町を流れる幅三メートル位の細い川があり、家内工業の捺染工場の廃液で、赤、青、黄色と色で染め上げられた水が、大岡川を突き刺すように直角に合流する。そのとき大岡川は本流としてその支流を飲み込むが如く、毅然と巻き込み、渦となり、美しいマーブル模様を作り出していた。

辺りは夕暮れが迫っていた。船着き場の横の電柱に、すずらんの花のように首を垂れた電球が一つ点いた。

対岸に目を移すと女学生が二人、下を向いてしゃべりながら歩いている、どうやら菜々と同じ学校の下級生らしい、箱ひだのスカートの制服を着ていた。

「そう言えば、令子のやつ、大学諦めて洋裁学校に行きたいとか三郎に言っているらしいよ」

「えっ」

と言ったまま、菜々は次の言葉が見つからなかった。突然の情報だった。

思えば令子とはだいぶ会っていない。二人はお互いに意識して、距離をとったり避けたりしているわけでもないのだが、高校生になってクラスが替わってからの令子の周りには、中国人の友達の方が多く、彼女にとっては日本人の友達より、きっと何か刺激的な魅力でもあるのだろうと菜々は感じていた。

むしろ菜々の方が、兄貴さんと親密になってからというもの、出来ることなら知られたくない感情の方が強くなっていた。


二人は船着き場を出て道路に上がると、さすがに組んでいた腕を解いて、兄貴さんから少しだけ離れて歩いた。それでも菜々は、二人だけで知る人のいないどこか知らない場所に行ってしまいたい、いいえ今だけでもせめて、何回でも、この川岸を行ったりきたりしていたかった。

ここから五〇〇メートル位歩いたところにある、橋の十字路を右に曲がると菜々の家のある道だった。そこを曲がったとたん、「祖母ゾーン」のギアが瞬時にオンに切り替わった。そして心ならずも、小学生だった頃サーカスの看板に見入っていて時間を忘れ、帰りに物凄い剣幕で雷を落とされ、校長先生の前に突き出されたことがフラッシュバックして、ぶるっと震えた。

菜々の「トラウマ君」がにゅっと顔を出した。こうなるともう「彼」は周りを気にせず、菜々の中にじわじわと侵入し、恐怖の釣り糸を伸ばし始めて、菜々は釣り押さえられるか、又は蜘蛛の糸の網に包囲されるのではないかと思った。

しかし次に来た現実は、そんなトラウマの妄想をはるかに超えるものだった。だが菜々としてはそんな予期せぬ出来事を知る由もなく、つい今しがたのファーストキスの余韻の中に首までつかっていた。

# 別れのとき

「兄貴、兄貴、兄貴！」

猛烈な勢いで、のんびり歩いていた二人を目がけて令子が駆けてきた。令子は菜々を無視して間に入り、兄貴さんの胸にとりすがった。

「な、何があったんだ、えっ」

兄貴さんは見たこともない硬い表情で令子に釘付けになった。

「あの、あの、あの、お母さんとお父さんが北海道で、北海道で……」

後の言葉が続かないうち令子は大声を張り上げて、傍目もはばからず、わぁーわぁーと泣き叫んだ。

菜々はただ呆然として、二人の後ろに身を引いて立ったまま見守っていた。そのうち令子の泣き声はしだいに静まり、肩を大きくゆすって深呼吸しながらしゃくりあげていた。

それから兄貴さんの上着の前を両手で開いて顔を隠して埋め、胸に押し当てていた。しばらくして兄貴さんは後ろに立っている菜々の方に向きを変え、右手を肩のあたりまで機敏に上げて別れの挨拶をした。

菜々は二人が足早に立ち去る後ろ姿を見送りながら、兄貴さんの体温をもう一度あの上着の下のシャツの上から感じてみたい衝動にかられた。でも今はきっとあのシャツは令子の滝のような涙を吸収して、彼の体温は閉じ込められているのだろうと思った。

家に帰ると、祖母は落ちつかない様子で所在なげにうろうろしていた。

「お前、あの令子ちゃんの家で大変なことが起こったらしいよ」

と、菜々を待っていたように言った。

でも、どうして令子は私の家に来たのだろう。菜々は、兄貴さんとのことを令子はどこまで知っているのか、自分は今どんな立場に立っているのか、そしてどう振舞ったらよいやら混乱し、途方に暮れていた。まずここは、誰かが何かを言い出すまで自分の方から何も言わない方が無難と思っていた。

二月になり、自由登校になっていたので、登校して来る生徒はほんのわずかだった。菜々は令子の教室の前に行って中を覗くのだが、いつもいるのは名前も知らない人ばかりだった。

「あの、中野さん来ているかしら？」

と聞くと、

「来てないみたいよ」

と、乾いた声で答えてくれるのみだった。

週に一度は家を訪ねてチャイムを鳴らしてみるのだが、まったく応答はなかった。時々外出のついでに遠回りして、家の前に立って様子を見ると、すべての窓は雨戸で固く閉ざされていた。それはまるで、外の他人に何らかの拒否の意思表示を通告しているようだった。


三月三日の卒業式の日が来た。

菜々は家を出るとき、今日こそ令子に会えるものと期待していた。自分の教室に入ると、みないつもの決まっている椅子に、最後の着席をしていて、それなりに静粛な雰囲気で担任の先生を待っていた。

卒業式が始まり、式次第が進行しても菜々は落ち着かず、ずっと令子を目で探していた。

やがて式の全てが終了して、在校生と職員一同に見送られて、講堂を出るときになっても、とうとう令子を見つけることが出来なかった。

やはり令子は卒業式にも出られなかったのだ、と確信した菜々は、何か不吉な予感を感じた。それぞれ自分達の教室に戻って受け持ちの先生が教壇の机の前に立ち、生徒に贈る最後の言葉を聴いているときだった。

担任の先生も受け持ちの最後の生徒達と別れがたいのだろう、話は長々と延び、時に男らしくなく涙声になった。そのとき、少し気の緩んだ菜々は、向かいの校舎の出入り口の方に、ひょいと目を移した。

一人の生徒が、赤いリボンで結んである卒業証書の入っている筒を脇に挟んで、今にも地面にのめりこみそうに前屈みになって走っていった。

菜々が目だけを動かしてじっと見ていると、上履きの白い運動靴を履き替え、右手に持って、左手で持っている袋の中にしまいながら駆けていた。

「あっ、令子さんだ」

菜々は今すぐにでも駆け寄って行きたい衝動にかられた。けれど彼女の姿は、一瞬にして消えてしまった。

# お針子

　東京の叔母が、菜々の卒業祝いに来てくれたのは、三月の半ばを過ぎた日曜日だった。

　叔母は上がると直ぐに手招きして菜々を呼び、風呂敷包みを解きはじめ、中から熨《の》斗《し》紙のかかった長方形の桐の箱を出した。相変わらず気ぜわしげな居住まいの雰囲気で、まだ祖母や母にも挨拶もしないのに、

「はい、これお祝いね。お嫁に行くときに菜々ちゃんの好きに染めて上手に縫ってね」

　と菜々に言った。

　菜々は深くおじぎをして、

「どうも、ありがとうございます」

とお礼を言った。

　叔母が帰ってから、祖母と母は、あらためて桐の箱を開けて、中から真っ白い反物を取り出し、丸められている布の端を二十センチほど引っ張り出し、右手の親指を上にして布を手の平で挟んで、その厚さや織りを確かめているようだった。そうしてか

ら両手で目の高さまで持ち上げたり下げたりして、

「これはたいした重さだ。絹物は目方だからな」

と言って、まんざらでもなさそうな笑顔を浮かべていた。

叔母がこんな奮発したものを持ってきたのは珍しいことだと祖母は母に言っていた。

菜々はこんな頂き物を値踏みするような祖母を、何故かはしたなく、嫌だと思った。私はこんな人にはなりたくない。菜々は二人の会話を聞きながら、今の自分は、網で捕らえられたトンボだと思った。


数日すると、祖母はどこから出してきたのか、長方形に折りたたんだ晒し木綿を持ってきて、

「お前、東京の叔母さんの家に行く前に、ともかく針をまっすぐ運べなければ駄目だ」

と言って菜々の前に差し出した。

「あー、もう駄目だ。この家から逃げ出すことは出来ないだろうか？」

と、菜々は本気で考えた。

運針は小学校のとき、家庭科の時間で習ったので、祖母に教えられなくても出来ると思っていた。

「ほれ、出来たか？　見せてみろ」

しばらくして、祖母は菜々が縫いかけている晒し木綿をもぎ取って、日本手ぬぐいほどの長さの運針した布の両端を持って目の高さにかざした。

「なんじゃこの針目は。踊り子が酒飲んで縫ったんか？」

菜々は、ぷっ、と噴き出した。

「それにしてもどうして一本の線を縫うのに真っ直ぐにならねえのかなあ、お前の線は右肩下がりだよ、珍しいなあ、たいがいは右肩上がりになるんだが、どうせ坂道になるなら登り坂にしたほうがこれからのお前には縁起がいいぞ」

この日の祖母は、どこかいつもの祖母より優しげだった。

「いいか、また見に来るからな、真っ直ぐになるまで脇目も振らず何本も縫えよ」

そう言って立ち去った。

菜々は、もう逃げられない所まできていると思った。しかし何回縫っても、音楽の五線譜のような真っ直ぐで等間隔には縫えなかった。

そうこうしているうちに、祖母がまたそそくさとやって来た。

「どうだ、ちっとは上手くなったか？」

言われて菜々は、自分で晒し木綿の布を両手で広げてみた。

「ん、針目の酔っ払いは大分まともになってきたな」

菜々は自分で見ても、たしかに針目の粒は揃ってきていた。けれどもそれが一本の線になると、見事に右肩下がりになっているものだから、まだ針の刺していない部分が三角定規の形になっている。

「お前も器用だなあ、こんなきっちりした三角なんて作ろうと思ったって出来るもんじゃねぇよ」

　菜々はまた、ぷっと笑った。


「そうだ」

　祖母は片膝を立てて、勢いをつけて立ち上がって出て行った。戻ってきたとき、なんだか判らない大きな袋みたいな物を担いでいた。菜々の側に来て、それをどさっと置いた。

　よく見ると、袋は毎年町のお祭りのとき、町内会で配られる、豆絞りの手ぬぐいを何枚も繋ぎ合わせて作った袋だった。もったいぶるように袋の口を何重にもぐるぐる巻いて、複雑な飾り結びにして縛ってあった。立派な組紐を丁寧に解く祖母のしなやかな指の動き、その上品な仕草は、他の誰からも見たことのない、物を扱う優しさだった。

「おばあちゃん、その中に何が入っているの？」

　不思議な物を見るようにして菜々が聞くと、

「ん、開けてのお楽しみさ」

祖母は大きな口を開けてコックリしながら、声なき声で、赤子をあやす表情を見せた。

菜々は、自分が今だけ弟、勝也になったような、甘やかな気分を疑似体験していた。でもコックリ首だけはちょっと苦手だった。

「なあ、菜々よ、はっきり言ってこれじゃあ、雑巾工場のお針子にもなれねえよ。ばあちゃんも東京の叔母さんに恥ずかしいから頑張ってくれよな」

と言って、紐をほどいた袋の口を逆さにして、袋の底を掴んだ。

すると中からどどっ、と出てきたのは、山のような着物の切れ端だった。

それらは本当に美しく、夢心地にさせる染め模様達だった、袋の中にぎっしり押し込まれて窮屈だった布の切れ端達は、外に飛び出て思い切り伸びをしていた。

「わあ、綺麗だ」

菜々は特に好きな淡いピンクや黄色、青緑の布に手を伸ばして、一枚一枚触って生地の光沢も楽しんだ。

菜々は何故か判らないけれども、小さいときから色彩を見て楽しむことが大好きだった。

母の実家で生活したとき、朝の散歩で見た露草の葉っぱに乗っていた、光る露の玉の中に棲み付いていた色、チャボの産んだピンクの卵、大岡川の水を染めたマーブル模様の色彩達……。菜々はそんな色達にどれ程癒されてきたことだろう。

　今、この山積みにされた端切れ達は、純白だった絹の布に可愛がられて、呼ばれ、引き取られた色彩達なのだ。

　菜々は固まってしまったように、いつまでもじっと見ていると、

「綺麗だろう、嬉しいかい？」

　と、祖母はこれまで聞いたことのないような囁き声で言った。

「うん」

　菜々は声を省略してコックリする。コックリは、ほんものの返事のためにしまっておくものだ。

「菜々、お前さんは小さいときから綺麗な色が好きだったよな」

　祖母が菜々のことを「さん」づけで呼んでくれたのは初めてだった。菜々は今日の祖母はどうしたのかと思った。

「おばあちゃん、こんなにたくさんいつ溜めていたの？」

　菜々は知りたかった。

「知りたいだろう。俺は、お前さんが生まれたとき、嬉しくて、嬉しくてな、この子

が娘になって嫁さまになるときまで生きていたら、何かしてやれることはないかって考えていただよ。戦争中で誰も綺麗な着物なんか着られない時代だったよ。でも東京のうちにはいつも仕立物がきてたなあ、だから俺は何かの役に立つと思って、いつも端切れを貰ってきたのさ。それだから、叔母さんが来るときにも、いつも持って来てくれていたんだよ」

「ふーん」

菜々は改めてその量に驚いた。

「ほれ、この細いのを取って、運針の練習に腰ひもをどっさり作ればいいかと思いついただよ。お前さんの孫の代までの分もあるからな」

祖母は嬉しそうに笑いながら言った。

「だっておばあちゃんさっき、あたしの縫い方では雑巾工場のお針子にも落第するって言ったでしょ」

「そんなこと言ったかなあ」

祖母は、はっ、はっ、はっと、心から楽しそうに笑った。

菜々もつられて笑った。二人の一緒になった笑い声は、ダイナミックな爆笑に変わった。

それから祖母は、菜々に丁寧に紐の縫い方を教えてくれた。菜々は三日で二十本の紐を縫った。

四日目に、足音もなくゆっくり近づいてきた祖母は、縫い上がったばかりの一本を手にした。それはまだ裏返しにしていない、紐として未完成の状態のものだった。祖母は両手で何かを捧げるように持ち、針目の粒揃いの状態や、糸の引き具合などを細かく点検しているようだった。

「ふーん、たいしたものだ。これなら皇室の姫様達の着付けに使っても大丈夫だ、ん」

満足げに言った。

# 消息

まだ卒業して三ヶ月もたっていない六月の終わり頃、気の早い高校のクラスの何人かの人達の声かけで、初めてのクラス会が行われた。

銀行やデパートに就職した人達は、華やかに職場の話題に夢中だった。そんな中で菜々は、何か地味な前時代的な場所に組み込まれてしまっているみたいで、何とも言いがたい、一歩引いてしまいたい劣等感みたいな意識を持って出席していた。

中華街の四川飯店でのランチパーティーは、クラス六十人中四十五人が出席した。それからの二次会は、いくつかのグループに分かれて、喫茶店でお茶会を楽しんだ。

何はともあれ、菜々の一番の気がかりは、言うまでもなく、令子の、その後の消息だった。

喫茶店を出るとき、中学、高校の六年間同じクラスだった、鏡せつ子と小石川里美が「一緒に帰りましょう」と菜々を誘った。菜々はすぐ同意して、誰が言うともなく、三人肩を並べて山下公園に向かって歩き出していた。

ここは横浜の恋人達の散歩コースだ。三人が空いているベンチに座ると、鳩が四羽エサをねだりにやってきた。港には外国の豪華客船が停泊して、ひと時の休息を満喫していた。

「ねえ、そういえば中野さんの両親、本当にお気の毒だったわね」

足元の鳩を見ていた三人だったが、突然沈黙を破って鏡せつ子が言った。

「えっ」

菜々はびっくりして、右に並んで座っている鏡せつ子の方を見て言った。すると鏡は、

「あら貴女、中野さんとあんなに仲良かったのに知らないの？」

と言った。言われて菜々は、少なからず自尊心が傷ついた。

「知らないのよ、本当に」

菜々が小さな声で言うと、鏡は菜々の左側にいる、小石川里美の方に、菜々を乗り越えて話しかけた。

「ねえ、菜々さんが、中野さんのこと何も知らないなんて信じられないわよね」

小石川は、海の遠くの方に浮かぶ船を見ていた。学生時代腰まであった長い髪の毛を、思いきり短く切ってボーイッシュにした小石川は、知性豊かな大人の雰囲気が、菜々を内心羨ましく感じさせるに十分だった。

「あたしは信じられるわ、だって人の噂は親しい人ほど知らないものよ」

小石川は、きりっとした口調で言った。

「で、いちばん知らないのは本人よ」

と付け足しのように言う。

聞いて菜々は、もしかして自分も、令子の兄貴さんと何か噂の種になっていないか気になり出してきた。

「そうそう、それにあの人が結婚したのは、三人のうちのどのお兄さんなのかしら?」

「えっ」

菜々の頭の中は真っ白になった。

# 手紙

この年の師走が近づいた頃、菜々は久しぶりに伊勢佐木町の本屋に足が向いた。学生時代に随分、足を運んだ見慣れた場所なのに、わずか一年足らずの間に、町の色がまったく違って映し出されるのは、自分の心のレンズの変化だけなのだろうか、と菜々は思った。

菜々がここに来たくなるときは、たいてい自分の家が面白くない何かがあるときだった。そんなときの兄貴さんとの出会いだった。そのときは本当に楽しかった。時が止まって欲しいと思っていた。

しかし今、菜々は家に帰るのが本当に楽しかった。だって家に帰ると祖母はいつも待っていましたとばかりに駆け出してきて、その日、皆が仕立てている着物の話とか、その他諸々の話を聞くのを楽しみにしていた。菜々はずっとこんな嬉しい絵景色を待っていた。

十二月も半ばを過ぎたある日、菜々のもとに一通の封書が届いた。菜々は宛名書きの字で、すぐその手紙が令子からだと判った。

今年も、いよいよ終わろうとしていますが、菜々さんお元気でお過ごしでしょうか？

こちらは昨日の午後から降り出した雪が、途中休息しながら四十センチ程積もりました。

今まで何回も遊びには来ていたものの、いつも夏休みでしたので、冬の北海道ははじめてです。

ところでこうして貴女にお便りしていると、何からお話ししてよいか途方にくれてしまいます。と言うのも、これをお話ししようと考えただけで、色々な思いが頭を巡り、心の整理が急流に押し出されてしまいそうになります。

どうぞこれから書くお話は、或いは支離滅裂で貴女にはついてこられないこともあるかも知れません。でも、そこは長年培ってきた貴女とわたしの深い絆の甘えのもと故のことと、どうぞお許し下さい。

さて、わたしが今、ここに来ている（いいえ、住んでいると言った方が正しいのかもしれません）理由ですが、あの二月の、悪夢のような突然の事故による両親の他界からのものです。

もしかしたら、もう貴女の耳にもすでに届いているかも知れませんが、わたしたちの両親は、冬になると何回か出かけていたスキー場で崩落事故に遭いました。そこは二人にとっての思い出深い出会いの場所で、様子もよく知り尽くしていたはずです。ですから余計甘くみていたのかもしれません。と言うのは、わたしの夫である、兄貴の言うところです。

それで二人の遺体の捜索が開始されたのは四月の終わりの頃からでした。三ヶ月もの長い間、雪の中に埋もれていた二人の遺体は、なんら損傷していることもなく、苦悩の様子も見られなかったことが、せめてものわたしたちの救いでした。

二人は上半身が重なり合っていました。御免なさいね。はじめてのお便りなのにこんな他人には怖いようなお話をしてしまって。でも貴女だけにはどうしても、いつも本当のことを知っていて欲しいのです。もしこれがわたしの貴女に対しての甘えなら、どうか、どうか許して下さい。昔からわたしは貴女に甘え過ぎていたのかもしれません。貴女の優しさに。

優し過ぎる苦しみはありませんか？

二人が出会い、大好きだったこの地で両親を埋葬いたしました。旅することが何より好きな二人でした。でもこんなに早く帰らぬ旅に行ってしまうとは、あまりにも惨酷です。

　合掌。


　わたしたちは、あの横浜の事務所で仕事を続けていくつもりでしたが、ここ札幌の事務所を閉めるに当たり、諸々の残務整理もありますので、当分の間、横浜には戻れそうにありません。とは言っても、あの住まいはそのままにしてあります。遠縁の人に、時々留守中の見回りをお願いしてあります。

　わたしたちも、だいぶ落ち着きつつありますので、そのうち（といっても時間はかかるかもしれませんが、兎も角、帰るつもりでいます）その折にはぜひお会いしたいです。

　貴女に会っていただきたい小さな家族が、ひとり加わりました。名前を『円』と付けました。

　血のつながりのなかったわたしたちにとって、家族の大切な絆です。まどかは、おじいちゃんに似たのでしょうか、女の子なのに色が黒くてね。でもご機嫌のときにする、赤ちゃん独特のオチョボ口をするときだけが夫によく似ています。それにこんなに若いのに、笑うと鼻に三本もの皺が寄ります。これも兄貴の遺伝子と思って見ていると可笑しくなります。

菜々さんとも早く、こんな子供の話が出来る日を待っています。最後になりましたが、お祖母さん元気でしょうね、あの方に、いつも深く愛され、管理されていた貴女が羨ましかったです。

だってわたしには、本気で見つめていてくれている人なんて誰もいませんでしたもの。でも今、円が出来たことで、やっと本当の繋がりを得ることが出来ました。

どうぞ皆さまに宜しくお伝えください。

桜の花待つ北海道にて

中野令子

菜々はこの手紙を、暗記するほど何回も繰り返し読んだ。読むたびに感情は折れ線グラフのように上下に振幅し、根元を掴んだと思うと、上の方で枝分れした。

そして令子と長い付き合いの中で、判っていたつもりでも判っていないことの多さに菜々は気づいた。でも相変わらず菜々にとっての令子は、大人の女性としての憧れなのだった。

菜々は、令子はいつも自分より先を歩いているのだ。そして障害物がありそうだとすばやくそれを察知して、ぶつからないうちに、掠めそうになったところで逃げる才能を個性の中に持っていると思った。

菜々は毎日、穴倉座敷みたいな所で、五、六人の仲間達と、針をチクチク運んで時を刻んでいる自分が、何か時代に取り残されているのではないか、と思うと、焦りを感じた。

六月のクラス会のときに、みんな新しい人生のスタートの夢を情熱的に話していた。あの日菜々は、そんなクラスメイト達を眩しく思い、スタートライン以前のところで立ちつくしていて動けない力なさを、病的弱さではないかと感じた。

それにもまして、山下公園で令子の噂話を聞いた途端、その相手は兄貴さんだと直感した。これは菜々の、女としての生理現象的な動物本能に似た感覚だった。もう自分は全ての夢を持ってはならないのだと感じた。

思えば菜々は、幼い頃からずっと自分がしたいことを何一つさせてもらっていなかった。

だから我慢と諦めの強さは人より強いのだ。慣れているとはいえ、それは惨めだった。それに人が欲しいものは、歯を食いしばっても無条件に与えてしまう習性が、弟との関係でつくられてしまった自分の固定的なポジションにもなっていた。

でも、今、まったく気の進まない「チクチク寺小屋」に飼われてでもいるように囲われてしまっていることが、何より祖母の機嫌をよくし、喜ばせているのだと思うと、ここの居心地もそう悪くなかった。

それにもまして菜々は、これまでまったく嫌いだった針仕事なのに、何だか判らないが先生は縫い上がった物を見せに持っていくと、一緒に入った三人の、ほかの二人にはいつもどこかを解いて縫い直させたり、寸法の間違いを指摘したりしているのに、菜々はいつでも念入りに目を通して検査しているようだが、一度も直されたことはなかった。

先生はいつも、「縫い物は雑念が入ると針目が踊ります」とか、「針目は心の修行です」と、ほかの二人に言った。

このとき菜々は、それなら先生はいつもわたしの家に来たとき、上がるとすぐ、さあ帰る、さあ帰る、と言う落ち着きのなさは、ちょっと、どこかの修行がほころびているのではありませんこと？　と先生を横目で見られるような余裕も出てきた。

菜々が先生のところに通うようになってから、先生は何かに付けて祖母のところに足を運ぶ頻度が増えていた。来るときはいつものように綺麗な端切れをお土産と一緒に持ってきた。

菜々はそんなとき、いつもちょっとだけ顔を出して挨拶だけして、引き下がっていた。

「おい、菜々や」

菜々が席を外そうとしたとき、祖母が向き直って声をかけた。

菜々がもう一度正座して何となく身構えると、

「なあ、先生がな、お前はなかなか筋がいいって褒めてくれているぞ」

祖母はそう言いながら、満更でもなさそうな表情で言った。

「そうですよ、そりゃ叔母さん仕込みですものね」

と言って、先生も一緒に菜々の方を見て、しみじみとした目を向けて、何故だか頭を何回もこっくり、こっくり小さく振って頷き、一人で何かを納得しているようだった。

「いや、仕込むと言うより調教だよ。そうだ、俺方式の娘の育て方は仕込むなんて生易しいもんじゃねえよ。調教師にならねえと駄目だろうな。その答えは嫁に行ってからの幸せの点数が決めることだと思うんだがなあ。答えが出る頃には俺はきっと天国だろうな。じいちゃんの所に早く行きてえよ、じいちゃんはいい男だったよ、だから菜々にもじいちゃんみたいな人がいたら、お前、宜しく頼むわな」

そう言って、祖母は犬みたいに首を傾げて、何かをしきりに考えている様子だった。そのしまりのない、だらりと畳の上に座っている姿は、人の形をした弾力のないゴムの袋に、水と脂肪を入れて置いてある作り物みたいで、何とも言えない可愛い雰囲気だった。

「考える大型犬」の置物みたいだと菜々は思ってみたら、そこに「オーラ」を感じた。

そうだ。この「大型犬」は、わたしの大好きな、優しい父の母なのだ。あの誰よりも優しい父を産んで育ててくれた母親なのだ……。

菜々はこんな単純なことに、何故今まで気がつかなかったのかと身震いした。

「おばあちゃん、ちょっとだけ聞いてね。もしかしてお父さんはおばあちゃんの調教がきつ過ぎて、早々に引き上げて逃げて行ってしまったとも考えられない？」

「うるせえ、お前に言われる筋合いねえ」

祖母は両手を固く握ってげんこつを作り、両膝の上の太ももを着物の上からぐりぐりとひねっていた。

## 褒め言葉

「でも、あれはなかなか、先の楽しめそうな娘になってきてるぜ。うん。調教甲斐のある素直な娘だぜ」

障子を閉めた菜々の耳に、祖母の声が届いた。

「そうですよ、叔母さん、わたしきっと叔父さんみたいな、いい婿さん世話するからね」

先生の声は、菜々にはっきり聞き取れるほど大きかった。

「そうか、うん、頼むぜよ、光源氏でなくてもいいがなあ、男は、働き者で女房育てが上手くなくては、こりゃ駄目だんべえなあ、ん、俺はそう思う」

菜々は、この祖母には小さい頃からどれほど嫌な思いをしてきたことかと思うのだが、そんな先のことまで考えてくれていたのかと思うと、これまで祖母にもっていた感情が、行き先迷子になりそうだった。

気がついたら、さっきから障子の前に立ったまま聞き耳を立てていた。そして何ともはしたない行動に恥ずかしくなり、そっと後ずさりして机の前にいって椅子に腰掛けた。何を考えるでもなく、何げなく机の引き出しを開けた。

と、その途端、革の手袋と小さなマッチ箱が飛び上がって菜々の目の中に突進してきた。

なお、じっと凝視していたら、手袋には、白いカビか綿菓子のようなものがうっすらと浮き出て、見ているうちにどんどん増殖の速度を増し、あっと言う間に革手袋はサンタクロースが嵌めるような真っ白い大きな手袋になっていた。そうだこれは雪手袋だ。

それから菜々は、小さなマッチ箱を、親指と中指でそっと摘まみ上げて振ってみた。持ち上げた箱の中から、微かな羽音に似た、チリチリと、羽の摺れるときに出る音が聞こえた。

菜々はマッチ箱をそっと手にとって耳に当てた。箱の中から聞こえる音は、耳かきで耳の中を掃除しているときに聞こえる、微かな羽の音にも似ていた。

その音は「カサッ」だか「チリッ」だか、いわく言いがたい判別不可能な音域の外にある音色だった。菜々はいつまでもいつまでもマッチ箱を耳に当て続けていた。

そして知った。この音は、かげろうが羽化して飛ぼうとしている羽音だと。

あの日、兄貴さんがタバコの銀紙で作って嵌めてくれたリングは、このマッチ箱の中で静かに温められて、小さなかげろうに羽化したのだった。

「それでは、今度来るときに」

と言って先生が帰りそうな気配を感じた菜々は、椅子からすくっと立ち上がって、マッチ箱をポケットに入れた。

「先生、あたし駅まで送ります」

菜々が言うと、

「ん、ありがとね。でもそんな気を遣わなくてもいいわ、又明日会うしね」

と言って、先生はいつものように前のめりに首を突き出して、さっさと部屋を出て行った。

それでも言い出した手前もあるし、菜々は駅まで送ることにした。それに別れた後に一人でしたいことがあった。


駅の改札で先生を送って別れた菜々は、足早に大岡川の川岸の道を目指していた。歩きながら川の中を見ると、引き潮なのか、川面は静かで端正な規則正しい魚鱗模様を呈し、何も寄せ付けない毅然さで水を港に運んでいた。

菜々は一人、力強い足取りで船着き場まで行きスロープを降りて行った。そこで川の真ん中のあたりを見ながら、スカートの右ポケットに手を入れて、マッチ箱をつかみ出し、右手の人差し指と親指の指先で挟んで、耳の近くで二、三回箱を振ってみたが、何の音もしない。ふたを引いて中身を見ると、銀紙のリングはほどけて、箱の中で一本のこよりに戻って突っ張っていた。

「さあ、この箱舟で遠くにお行き」

菜々は、箱を川の真ん中に向けて力いっぱい放り投げた。

著者プロフィール

三山 あやか（みやま あやか）

1939年4月25日生まれ。

神奈川県横浜市出身、在住。

横浜学園高等学校卒業。

読売・日本テレビ文化センター藤沢教室にて「小説の書き方」受講（講師は第67回芥川賞作家・畑山 博）。

1988年、PHP研究所の「畑山博文章通信講座」の添削者に5年余り参加。

著書として、『銀河鉄道始発駅』（羅須地人文芸七人集）。

同人誌『黎明』に参加、執筆。

菜の花畑の向こうには

2014年4月15日　初版第1刷発行

著　者　三山 あやか
発行者　瓜谷 綱延
発行所　株式会社文芸社
〒160-0022　東京都新宿区新宿1－10－1
電話　03-5369-3060（編集）
03-5369-2299（販売）

印刷所　株式会社平河工業社


ISBN978-4-286-14621-8